매우 불편한 관계

매우 불편한 관계

황혜련 소설

도화

## 차례

# 1

  그날도 하루의 시작은 별반 다르지 않았다.
자명종 소리에 깼고, 간밤에 마신 술로 머리는
깨질 듯 아팠으며, 침대에서 얼마간은 더 뭉그
적거리다가 지금 새벽미사를 집전하고 있을
송 신부를 떠올리며 독종,이라고 외마디 신음
같은 말을 내뱉고는 스멀스멀 일어나 생수를
병째 들이키고, 치적치적 학교로 출근하는 것
까지 여느 날과 같았다. 교무실로 들어서자마
자 함 선생 꼴을 보니 어제 또 펐구먼, 하는 민
머리 교감의 펀치도 예외 없었다. 이젠 교감의
비아냥쯤 무시해버릴 만큼 맷집도 생겼고, 커

피가 얼마간은 쓰린 속을 달래줄 거라는 것도 경험상 알게 되어 출근하자마자 커피부터 찾는 것도 습관이 되어버린 아주 평범한 아침이었다. 송 신부가 사라졌다는 느닷없는 연락을 받지 않았더라면 윤오의 나머지 일상도 그저 그렇게 흘러갔을 것이다.

송 신부의 증발 소식은 3교시가 끝나고 들었다. 음악실 수업을 마치고 자리로 오니 핸드폰에 성당이라고 찍힌 부재중 전화가 세 통이나 와있었다. 의당 송 신부려니 했다. 또 어제 같은 술타령이면 오늘은 무슨 핑계를 대서든 피해가야겠다고 단단히 마음먹었다. 이대로 가다가는 몸이 남아날 것 같지 않았다. 그러다가 문득 이상한 생각이 들었다. 그런 쓰잘머리 없는 전화를 아침나절부터 그것도 세 번씩이나 하고 있을 만큼 송 신부는 한가하지 않았다. 윤오는 얼른 성당으로 전화를 걸어보았다. 아네스 수녀가 받았다.

함윤오 안드레압니다. 전화를 주셨길래.

다두 신부님이 보이질 않아요. 그래서 새벽 미사도 못 드렸어요.

네?

윤오는 자신도 모르게 큰 소리가 나왔다. 신부에게 미사가 어떤 건지는 송 신부가 더 잘 안다. 더구나 지금은 주임신부가 부재중이라서 보좌인 송 신부가 더 각별히 신경을 써야할 판이었다.

두 분이 워낙 가깝게 지내시니까 함 선생님께는 무슨 얘기가 없었나 해서요.

윤오가 아는 게 없자 수녀는 그렇게 자기 말만 하고는 전화를 끊었다. 윤오는 잠시 멍해진 기분을 정리해야 했다. 그가 사라졌다고? 미사를 펑크내고? 윤오는 도리질을 쳤다. 그러다가 다시 의문이 들었다. 발가진 짐승이 잠시 안 보일 수도 있겠지만 이건 상황이 달랐다. 미사를 못했다지 않은가. 어젯밤에 송 신부와 술을 마시고 헤어진 시간이 새벽 한 시에서 두 시 사이. 새벽미사는 여섯 시. 새벽미사에 나타나지 않았다면 그 네 시간 사이에 없어졌다는 얘긴데, 알다시피 그 시간은 모든 활동이 죽어있을 때가 아닌가. 윤오는 지난밤에 분명히 성당 앞까지 같이 와서 그가 들어가는 걸 보고 돌아왔다. 너무 취해서 못 깨어났다 해도 방에는 있어야했고, 밖에서 불의의 사고를 당했다면 성당으로 연락이 왔어야 했다. 그런데 아무런 근거도 해명도 없이 감쪽같이 사라졌다. 사고는 아니라는 얘기였다.

윤오는 점심시간을 틈 타 성당으로 가보았다. 그의 방은 그대로였다. 휴대폰조차 두고 나갔다. 그는 평소에도 휴대폰을 잘 빠트렸다. 모든 게 그대로이듯 그는 곧 돌아올 것이다. 미사를 펑크 낸 것에 대한 질책은 가겠지만 그 파문만 잦아지면 모든 것은 다시 제자리로 돌아올 것이다. 그렇게 믿었다.

그러나 그는 밤이 되어도 오지 않았다. 일주일이 지나도 돌아오지 않았다. 처음엔 걱정이 앞섰지만 시간이 지나면서 의혹이 꼬리를 물어 끝없는 낭설과 추측만이 난무했다. 알만한 곳에 모두 연락을 해보았으나 헛일이었다. 오랜 친구로 지내면서 이젠 그에 대해 다 안다고 자부했었는데 일이 이렇게 되자 그에 대해 아는 것이 하나도 없는 것 같은 강한 거리감과 불과 전날까지도 함께 투닥거리며 시간을 보낸 친구에게 아무런 언질조차 주지 않은 그가 섭섭하게도 생각되어 윤오는 일말의 배신감마저 들었다. 송 신부 소식을 듣고 일정을 앞당겨 온 주임신부도 이젠 어떤 식으로든 대책을 강구해야 한다는 쪽으로 매듭을 지어가고 있었다.

그렇게 일주일에서 며칠인가가 더 흐르고 이젠 기다리는 수밖에는 다른 도리가 없겠다고 포기하고 있을 때 윤오는 낯선 번호로부터 온 문자 한 통을 받았다.

　날 찾으려고 애쓰지 마라. 때가 되면 연락하마. 헌수.

　그러면서 이 핸드폰은 빌려서 하는 것이니 전화를 해봐야 소용없다는 말도 덧붙였다. 혹시나 해서 해보았지만 헛수고였다. 그래도 한 가지 소득은 있었다. 그곳이 지방의 작은 중소도시인 S시라는 건 알았으니까. 물론 S시를 다 뒤질 수는 없는 노릇이지만.

　송 신부는 문자에서 익숙하게 쓰던 다두라는 세례명 대신 헌수라는 속세명을 썼다. 스스로 사제 옷을 벗겠다는 의미로 받아들여졌다. 납득이 안 갔다. 십년 공들인 사제직을 왜 하루아침에 그만두겠다는 건지. 첩첩이 쌓여 있던 힘들고 험한 산을 다 넘고 왜 이제 와서 옷을 벗겠다는 건지. 그는 이제 막 첫 발령을 받고 설렘과 의욕으로 사목을 펼쳐나갈 초임 신부였다.

그런 그에게서 두 번째로 연락이 온 건 그로부터 한 달이 지나서였다. 그 사이 성당엔 다른 후임 신부가 와서 빈자리를 메웠고, 그러면서 갖가지 억측으로 난무하던 그에 관한 후문도 어느 정도 잦아들어 예전의 평정을 되찾아 가고 있었다. 이번에는 메일로 왔다. 이번만큼은 그의 증발에 관한 속 시원한 해명을 기대했으나 윤오는 아무 것도 얻어낼 수 없었다. 오히려 애매한 말로 궁금증만 더 부풀려 놓았다. 윤오는 거듭 읽어도 풀리지 않는 이 대목을 자꾸만 다시 읽어 보았다.

사람에겐 삶을 버티게 하는 질긴 자아가 하나씩은 있게 마련이다. 아마 살아야 될 이유가 없다고 말하는 사람에게조차도 그 끈은 자신도 모르게 혈관 깊숙이 흐르고 있을 것이다. 그런데 그 끈이 끊어져버렸다. 교통사고 같은 예기치 않은 일이 일상을 뒤흔들어놓고 내 삶을 나락으로 떨어뜨렸다. 끝까지 사제복만큼은 벗고 싶지 않았는데 안간힘을 다해 잡고 있던 마지막 끈을 놓아야 했다. 정말로 눈앞이 캄캄해지며 하늘이 무너지는 것만 같았다. 자신의 삶에서 가장 소중하고 절실했던 그 무엇을 포기해야 하는 아픔이 어떤 건지 당해본 사람이 아니고는 잘 모를 것이다. 살 수도 죽을 수도 없는 막막함…

뭔가 현실에 거세당해버린 듯한 패배감이 그대로 전해져 윤오는 눈을 뗄 수가 없었다. 그가 말하는 교통사고 같은 일이란 대체 뭘까? 사제복을 벗을 정도로 큰일이었다면 윤오가 모를 리 없다. 허구헌날 술잔을 기울이며 투닥투닥 나눈 얘기들이 일상이며 가슴 속 응어리가 아니었나? 윤오에게 털어놓지 못했다면 그건 차마 입으로 올릴 수 없는, 메일에서도 말할 수 없는 무슨 일이었다는 얘긴데 윤오는 짐작도 할 수 없었다. 윤오는 궁금증과 착잡한 심정에 사로잡혀 그날 밤을 홀랑 새웠다.

2

날이 밝자마자 윤오는 곧장 터미널로 갔다.
그를 만나지 않고는 아무 것도 할 수 없었다.
헌수는 방학 어쩌구 했지만 이게 방학 때까지
기다릴 일인가. 메일에 주소를 적어 보냈다는
건 윤오를 만날 준비가 되었다는 얘기다. 마침
토요일이었다. 궁금증을 끌어안고 뭉그적댈
이유가 없었다. 윤오는 버스에 올라 간밤에 못
잔 잠을 청하려고 의자 깊숙이 몸을 묻었으나
잠은 오지 않았다. 휴대폰 메일로 헌수의 주소
를 다시 확인했다. S시의 작은 바닷가 소읍이
그가 사는 곳이었다. 어지간히도 촌구석에 둥

지를 틀었다 싶었으나 이유는 가보면 알 것이었다.

버스는 평소대로 가는 것일 텐데 윤오에겐 더디게만 느껴졌다. 자고 올 요량이어서 그리 서두를 것까지는 없었으나 마음이 다급한 건 어쩔 수 없었다. 전화라도 먼저 하고 싶어 버스에 오를 때부터 휴대폰을 만지작거렸으나 그만뒀다. 극적인 해후에 대한 기대도 기대지만 뭔가 준비된 상황은 진실이 은폐될 수도 있었다. 윤오는 헌수를 만나면 경치 좋은 술집으로 데리고 가서 메일에서 차마 쓰지 못한 그의 가슴속 얘기를 들어주리라 작정했다. 헌수는 편지에서 윤오와의 우정을 염려했지만 그가 옷을 벗은 건 전적으로 개인의 문제지 그걸로 인해 우정이 훼손당할 일은 절대로 없을 거라고 생각했다. 오히려 진정한 우정이라면 친구가 이런 결정을 내리기까지 그 사실을 몰랐던 데 대해 힐책하고 그동안 혼자 감당해야 했던 아픔을 이제라도 나누어 갖도록 해야 할 것이었다. 윤오는 손목시계를 내려다보다가, 메일을 열어보다가, 하며 달떠 있는 마음을 가라앉히려 애썼다.

윤오의 속을 은근히도 태우던 버스가 S시에 당도했다. 비릿한 바닷내음이 온 몸을 덮었다. 왠지 어릴 적 고향 냄새 같기도 하고 어딘가 있을 헌수의 체취 같기도 해서 윤오는 그 내음을 더 진하게 맡으려고 코를 킁킁거렸다. 그러나 발걸음은 택시 승강장을 향해 재게 움직였다. 윤오가 택시에 올라 주소를 말하자 기사는 백미러로 흘깃 보더니 근처에 내려줄테니 알아서 찾아가라며 신작로에서 골목으로 접어드는 입구에 떨어뜨려놓고는 횡 가버렸다.

윤오는 구멍가게에서 주소를 확인한 후 한 집 한 집 짚어나갔다. 그러나 골목이 다 끝나도록 메일의 주소는 나오지 않았다. 전화를 걸어볼까 하다가 기왕 여기까지 왔으니 조금만 더 찾아보자 하고 골목 끝에서 또다시 갈라지는 왼쪽 골목으로 발을 들여놓았다. 그 순간 윤오의 발걸음이 뚝 멎었다. 담장 너머로 아주 익숙한 얼굴을 본 것이었다. 머리끝이 쭈뼛 서며 피가 거꾸로 솟다가 심장에서 멈춰버리는 듯 아찔했다. 그녀, 보나가 거기 있었다. 그녀는 임신을 했는지 부른 배를 어기적거리며 잔뜩 우겨 넣은 비닐 봉투를 들고 나와 마당 한 귀퉁이에 놓아두고는 들어갔다. 윤오는 온 몸의 맥이 탁 풀려 그대로 담장을 끼고 주저앉아 버렸다. 그제야 그동안 설명될 수 없었던 모호함의 정체들이 하나둘 수면 위로 떠올랐다. 윤오는 아둔함에 가슴을 쳤다. 윤오는 그 두 사람이 함께 할 수 있다는 가능성에 대해 1프로도 열어놓지 못했었다. 윤오는 그런 줄도 모르고 소식 없는 헌수를 걱정하며 애태웠고, 보나가 정처 없이 떠도는 것이 자기 잘못인 것만 같아 마음의 짐을 안고 있었다. 사랑은 너무도

잔인하다. 아니, 헌수가 모진 걸지도. 윤오는 이런 기분으로는 도저히 헌수를 만날 수 없을 것 같았다. 보나도 보고 싶지 않았다. 돌아가서 영원히 이쪽으로는 고개도 돌리고 싶지 않았다.

윤오는 갔던 길을 되돌아 골목을 빠져나왔다. 한참을 걷다보니 터미널이 나왔다. 그러나 돌아가는 차표를 끊을 수가 없었다. 돌아가서 맞이할 일상이 아무런 의미로 다가오지 않았다. 자신의 인생에서 우정과 사랑을 들어내고 그전처럼 살아갈 자신이 없었다. 헌수와의 우정은 생활이었고 보나와의 사랑은 꿈이었다.

그때 공중전화가 눈에 들어왔다. 잠시, 전화를 걸어야겠다는 마음과 걸지 말아야겠다는 마음이 복잡하게 오갔다. 윤오는 부스 안으로 들어갔다. 동전을 넣고 휴대폰에 저장된 집 번호로 전화를 걸었다. 휴대폰을 두고 집으로 건 건 행여나 보나의 목소리를 들을 수 있을까 해서였다. 이런 순간에도 그녀를 느끼려는 자신이 미욱하게 느껴졌다. 번호판에서 손가락을 떼자 여보세요, 하는 여자의 음성이 들려왔다. 윤오는 숨이 멎을 것 같았다. 윤오는 최대한 말을 줄여 전화를 건 사람이 자기라는 걸 모르게 하고 싶었다. 모르게 한다고 모를까마는 아직 그녀와는 대화할 준비가 안 되어 있었다. 수화기는 곧바로 헌수에게로 넘어갔다.

나야, 윤오.

윤오는 침착하려고 애썼다.

아니, 너 지금 어디야?

터미널.

터미널?

응.

자식, 성급하긴. 메일보고 바로 왔구나. 기다려. 나갈게.

헌수는 너무나 일상적이어서 윤오는 조금 전에 본 것이 헛것이었나 착각할 뻔했다. 그러

나 모든 정황이 꿈은 아니었다. 윤오는 정신을
차리고 전화를 끊으려는 헌수를 얼른 막았다.

　아니, 그럴 거 없어.

　왜?

　나 지금 니네 집에서 오는 길이거든.

　여길 왔었다고? 근데 왜 안 들어왔니?

　그는 시종 덤덤했다. 사람이 감당할 수 없는
일을 겪고 나면 저리 되나 싶었다.

　그냥…

　너… 보나를 봤구나.

　응…

　그냥 갈 걸 그랬다는 후회를 윤오는 뒤늦게
했다. 전화 한 통화가 남길 파장에 대해 생각
했어야 했는데 윤오는 제 생각만 했다. 잔잔한
호수에 돌이라도 던지지 않고서는 돌아설 수
없었다.

　니가 다 봤으면 됐어. 잘 올라가고, 내 얘길
들어줄 준비가 되면 언제든 다시 와라.

윤오는 부스에서 나와 돌아가는 차표를 끊었다. 버스는 아까 왔던 길을 다시 고스란히 거슬러 갔다.

# 3

어릴 적 고향 친구이던 윤오와 헌수가 어른
이 되어 다시 만난 건 P시의 작은 성당에서였
다. 음악교사이던 윤오는 임기가 만료 되어 곧
그곳을 뜰 예정이어서 성당에 보좌 신부가 새
로 온다는 얘기에 별 관심이 없었다. 새로 오
는 신부가 첫 부임지에서의 첫 미사라는 얘기
를 들었을 때에도 그냥 덤덤했다. 윤오는 성당
을 다니며 신부님들이 가고 오는 걸 많이 봐왔
다. 이번에도 그런 거라고 여겼다. 그런데 미
사 때 그 초임신부가 헌수라는 걸 알고는 거의
경악에 가까울 만큼 놀랐다. 그때 윤오는 인연

혹은 운명이라는 단어를 떠올렸다.

윤오는 영성체 때 일부러 헌수가 분배하는 줄에 서지 않았다. 윤오를 보고 놀라 헌수의 생애 첫 미사를 망치게 하고 싶지 않았다.

미사가 끝나고 조금 한산해진 틈을 타서 윤오는 헌수에게로 다가갔다. 미사 때의 격한 감정은 좀 진정이 된 상태였다.

환영합니다. 송헌수 다두 신부님.

윤오는 일부러 헌수의 이름을 또박또박 불렀다. 신부님이라 칭할 때는 조금 더 힘을 주었다.

아니, 너!

헌수는 윤오보다 더 놀랐다. 두 사람은 주위의 눈도 아랑곳 않은 채 서로 얼싸 부둥켜안았다. 그 순간만큼은 어떤 계산된 감정도 없었다. 고향이 아닌 객지여서 반가움은 더 컸다.

대체 어떻게 된 거야? 니가 왜 여기에?

그건 내가 묻고 싶은 말이야.

두 사람은 누가 먼저랄 것도 없이 서로 그 말만을 번갈아 주고받았다.

이제 두 사람이 헤어질 일은 없을 거라고 믿었다. 물론 각자 부임지를 따라 옮겨 다녀야 하니까 거리상의 문제는 있겠지만 그 지리적인 거리가 마음의 거리까지 멀게 하지는 못할 거라고 확신했다.

윤오와 헌수는 한 동네에서 나고 자라 고등학교를 졸업할 때까지 한 형제처럼 지냈다. 헌수가 고등학교 때 신학교에 뜻을 두고 있다는 걸 알게 되면서 마음의 거리를 둔 적도 있었지만 윤오는 헌수가 정말로 신학교에 가게 될 거라고 믿지 않았다. 집안의 반대도 반대지만 헌수는 왠지 여자에게 발목이 잡히고 말 것 같은 막연한 예감이 있었다.

헌수는 결국 아버지의 반대에 부딪혀 신학교엘 가지 못했다. 헌수가 재수를 해서 지방대학엘 가고 자퇴를 거듭하는 동안 윤오는 서울로 대학을 가서 헌수와는 조금 소원해졌다. 대학을 마치고 군대를 다녀오고 임용고시를 치러 교사가 되는 동안 윤오는 헌수 아버지의 부고 소식과 헌수가 신학교를 다니고 있다는 얘기를 풍문으로 들었다. 결국 신학교엘 갔구나. 가슴 한켠 아려오는 부분이 있었으나 그게 다였다. 이제와 고백하건데 헌수를 새카맣게 잊고 산 적도 있었다. 그러나 추억이 있는 한 기억을 소환하는 데는 3초도 걸리지 않았다.

멋지다. 음대 갔다는 얘기는 들었는데 선생님이 됐을 줄이야.

헌수의 말에 사심이나 불편한 감정은 들어 있지 않았다.

헌수 니가 더 놀라워. 정말로 신부님이 될 줄은 몰랐거든.

어쩌다보니 그렇게 됐다.

헌수가 멋쩍게 머리를 긁적였다. 헌수도 그 말을 어느 정도는 인정한다는 뜻이었다.

헌수는 사제복이 제법 잘 어울렸다. 어딘가 어색하다면 그건 처음이라서 그렇지 연륜만 쌓이면 해결될 문제였다. 윤오는 헌수가 처음 신부가 되겠다고 했을 때 은근히 깔보았었다. 둘 중 한 사람이 신부가 되어야 한다면 차라리 윤오가 낫다고 생각했다. 윤오는 부모가 다 가톨릭 신자여서 유아세례도 받고 성가정의 분위기에서 자랐다. 윤오가 신부가 되겠다고 하면 조금 서운한 마음은 들지라도 딱히 반대할 부모도 아니었다. 그런데 헌수는 아버지가 비신자인 데다가 출세가 인생의 전부라고 생각하는 무지렁뱅이 농사꾼이었다. 신앙생활이란 그저 배부른 놈들이나 하는 웃기는 시간 낭비라 여겼다. 그런 집안 분위기에서 헌수가 신앙을 쌓아갔다는 자체도 의문이었다. 핍박 속에서 더 견고히 다져졌다면 할 말이 없지만. 헌수는 어릴 때 성당에도 잘 가지 않았다. 엄마의 매가 무서워 성당엘 가는 척하기는 하는데 그야말로 척할 뿐 집을 나와서는 다른 데로 새기가 일쑤였다. 연보를 하라고 쥐어준 돈은 딱지나 구슬을 사거나 군것질을 하는데 썼다. 윤오도 헌수 꾐에 빠져 성당을 빼먹은 적이 종종 있을 만큼 헌수는 그쪽으론 좋은 친구가 아니었다. 중고등학교 때는 헌수가 아버지의 눈을 속이면서까지 성당에 자주 갔었는데 그건 다 여학생 때문이었다. 헌수는 미사보다 학생회 활동에 더 열심이었다. 그런 와중에 어떻게 신부가 될 생각을 했는지 윤오는 그때나 지금이나 그게 의문이었다. 신부가 어디 교수나 변호사처럼 공부만 잘해서 될 일인가. 성가정에서 올곧게 커도 신부는 쉽게 덤벼들 수 없는 영역이었다. 신부가 된다는 건 세속의 온갖 달콤한 것들을 포기해야 한다는 얘긴데 윤오도 못하는 걸 헌수가 할 수 있다고 생각하지 않았다. 물론 지금 생각하면 오만이고 착각이었다. 부모의 사회적 계급이 낮고 수능 점수가 아래라고 해서 그 객관적 잣대를 주관에까지 들이대서는 안 되었다. 헌수는 누가 뭐래도 윤오는 범접도 못할 신부의 길을 가고 있다. 윤오는 이제부터 헌수를 향해 갖고 있었던 일말의 오만이나 착각을 다 거두어내기로 했다.

4

헌수와의 뜻밖의 재회 후 윤오는 틈만 나면 그를 만나러 성당에 갔다. 학교에 있는 시간을 빼고는 거의 성당과 술집에서 살다시피 했다. 헌수를 만나기 전에는 대체 어디서 뭘 하며 지냈는지 모를 정도였다. 분명한 건 성당은 아니었다. 윤오에겐 성당에 가서 기도를 해야 할 만큼 절박한 게 없었고, 세상엔 미사보다 흥미로운 일들이 많고도 많았다. 그런 윤오를 헌수가 바꾸어놓았다. 헌수만 옆에 있어준다면 이 세상 모든 관계가 의미 없이 흘러가도 좋다고 생각했다. 우정은 사랑처럼 애가 끓지도 않았고 가족처럼 맹목적이지도 않았다.

　윤오는 오랜 세월 성당을 다니고도 뿌리내리지 못하고 있는 자신의 신앙에 대해 늘 불만을 갖고 있었다. 성가정의 집안에서 태어나 유아세례를 받고 일요일엔 성당엘 가는 것이 평일에 학교를 가는 것만큼이나 자연스런 일상이었으나 그런 것들이 어느 순간부터 거북하게 다가왔다. 집안 분위기에 이끌린 관습과 막연한 두려움에 의해 소신도 없이 의무적으로 성당을 찾고 있다는 선데이 크리스찬이라는 모멸감이 늘 자신을 옥죄어 왔다. 그 오랜 갈등을 헌수가 해소해줄 수 있을 거라고 믿었다. 다행이 헌수도 윤오를 좋아해주었다. 두 사람은 다시 만나는 순간 서로를 알아보았다. 윤오에겐 삶의 굴곡 없이 살아온 존재의 가벼움이, 헌수에겐 가벼워지고 싶어도 가벼워질 수 없는 존재의 무거움이 자리하고 있었지만 이 가벼움과 무거움이 상충작용을 하기 보다는 잘

맞물린 톱니바퀴처럼 제 자리를 잘 찾아들어 두 사람의 만남을 더욱 풍요롭게 해주었다.

그러던 어느 날 불쑥 저녁 미사를 끝내고 나오는 윤오에게 헌수가 한 가지 제안을 했다.

윤오 니가 성가대를 좀 맡아줘.

내가? 성가대를?

지휘자가 갑자기 그만두는 바람에 요즘 엉망이야. 할 거지?

윤오는 생각해보겠다고 했지만 핑계였다. 윤오는 벌써부터 성가대를 욕심내고 있었다. 헌수와 나이가 같고, 같은 신을 섬기고, 고향을 떠나와 객지에서 조우하게 되었다는 사실만으로도 친해질 순 있으나 우정을 더욱 견고히 다지려면 성당 일이 기반이 되어야 했다. 우정도 우정이지만 신과 가까워지려면 어떤 식으로든 성당 일을 해야 했다. 더구나 음악이 전공이니 잘 만 하면 두 마리 토끼를 한꺼번에 잡을 수 있었다.

생각은 무슨. 니가 적임자야.

헌수는 그 말만을 남기고 사제관 안으로 들어가 버렸다.


그게 시작이었다. 지휘자가 성가대를 그만두지 않았더라면, 그 성가대 지휘를 헌수가 윤오에게 부탁하지 않았더라면, 그 부탁을 윤오가 받아들이지 않았더라면 일어나지 않았을 일. 그러나 그 모든 게 예정되어 있었던 걸, 아니 주님의 뜻이었던 걸 미욱한 중생이 어찌 알겠는가.

성가대 회합은 일주일에 한 번, 수요일 저녁 미사 후에 있었다. 윤오는 퇴근 후 허기만 살짝 달래고는 먼저 미사를 보기 위해 성당으로 갔다. 성가대로 가기 전에 미사를 본 건 물론 지휘자로서의 맡은 바 일에 대한 기원이었겠지만 두려움을 걷어내고자 하는 마음이 더 컸다. 성가대를 맡기로 하면서 윤오는 왠지 두려웠다. 그 정체를 알 수가 없어 그냥 막연히 새로운 일에 대한 두려움일 거라 여겼다. 그곳에 윤오의 인생에 몰아칠 폭탄이 장전되어 있을 거라는 생각을 어떻게 했겠는가.

미사를 마치고 나오는 윤오를 다두 신부가 데리고 성가대로 갔다. 성가대 모임은 오르간이 있는 성당 2층에서 했다. 다두 신부가 나타나자 어수선하게 흩어져있던 단원들이 제자리를 찾아 앉았다.

제가 말씀 드린 함윤오 안드레아 선생님입니다. 성악을 전공한 아주 실력파죠. 함께 손발 맞춰서 좋은 성가대 한번 만들어보세요.

아니죠. 여기서는 손발을 맞출 게 아니라 입을 맞춰야죠.

지휘자를 소개하는 다두 신부의 말에 한 남자 단원이 농으로 받아쳐 서먹하던 분위기가 화기애애해졌다.

그때 계단에서 누군가 올라오는 기척이 느

껴졌다. 헤어밴드가 언뜻 비치는 걸로 보아 회
합에 늦은 여자 단원인 듯 했다.

그럼 전 이만.

다두 신부가 내려가기 위해 계단 쪽으로 갔
다. 헤어밴드를 본 다두 신부가 잠깐 멈칫 했
다. 헤어밴드도 따라서 멈췄다. 그때 그 두 사
람 사이에 흐르는 기류가 조금이라도 이상하
다고 느꼈었더라면 그날 이후 그렇게 무모하
게 행동하지는 않았을 텐데 윤오는 헌수가 신
부라는 생각만 했었다. 신부가 어디까지 인간
적일 수 있는지, 어디까지 나락으로 떨어질 수
있는지 가늠할 수 없었다. 윤오가 너무나 잘
안다고 자부하는 헌수조차 신부가 지녀야 할
신성과 도덕성, 그 틀 안에 가두어놓고 그를
재단하고 있었다.

헤어밴드가 다두 신부가 빠져나간 경로를
따라 성가대석으로 왔다. 늦게 온 그녀는 미안
한 듯 지휘자와 단원들을 향해 고개를 까딱해

보였다. 그리고 곧장 소프라노 쪽으로 가서 앉았다. 그녀는 망연한 표정으로 허공을 한 번 응시하는 듯하더니 이내 앞에 있는 윤오를 바라다보았다. 그런데 그때 왜 그랬을까. 그녀의 시선이 와서 잠시 머무를 때 윤오는 아뜩한 심경에 사로잡혔다. 그러더니 갑자기 가슴에서 북소리가 나기 시작했다. 전혀 예상치 못한 일이었다. 이런 곳에 윤오의 가슴을 뛰게 할 뭔가가 있을 거라는 생각은 미처 하지 못했다. 윤오는 별 일 아니라고 다독였다. 그러고보니 그녀는 첫사랑을 닮았다. 지독한 배반만을 남겼던 첫사랑. 그래, 그거였구나. 지금 이러는 건 단지 익숙한 이미지에 잠깐 정신을 놓았던 것뿐이라고, 그러니 휘둘려선 안 된다고 재차 다독였다. 한 순간의 느낌이 삶을 얼마나 나락으로 빠트리는지 잘 알고 있으니까.

그녀는 유쾌하다거나 활달해 보이지는 않았다. 흰 얼굴에 살풋한 보조개가 어딘가 애틋한 분위기를 자아내긴 해도 이런 류의 여자들은 주변에서 많이 봐 왔었다. 그래서 별 일 아니라고 은근히 타일렀다.

그러나 타이르면 타이를수록 억눌려 있던 감정이 자꾸만 몽골몽골 샘솟았다. 윤오는 무력해지는 자신을 발견했다. 그리고 예감했다. 사랑이 왔구나. 그건 생의 환희이자 축복이었다.


윤오에게 수요일과 일요일은 보나를 보는 날이다. 수요일엔 성가대 연습이 있고 일요일은 미사가 있기 때문이었다. 보나를 보는 건 두 번인데 윤오에겐 하루하루가 설렘의 연속이었다. 기다림은 삶 자체를 들뜨게 했다.

그러나 몇 번의 수요일과 일요일이 지나가는 동안 윤오는 그 어떤 표현도 하지 못했다. 그녀에게 가 닿는 윤오의 시선에서 뜨거움이 묻어났지만 그걸 그녀가 사랑으로 받아들였을

지는 알 수 없다. 헌수에게도 아직 아무 말 못
했다. 윤오는 오랜만에 찾아온 이 소중한 감정
이 조금 구체화되면 말 할 작정이었다.

그녀는 뭐가 바쁜지 미사가 끝나기만 하면
서둘러 성가대석을 빠져나갔다. 회합 때도 마
찬가지였다. 그래서 사흘간의 기다림을 늘 의
미 없고 맥 빠지게 만들었다. 윤오는 평소답지
않게 여자를 놓고 허둥대는 자신이 놀라웠으
나 어느 날 갑자기 몰아닥친 이 소용돌이가 싫
지 않았다.

그녀를 만난 이후 윤오의 시계는 그녀를 볼
수 있는 수요일과 일요일을 중심으로 돌았다.
처음엔 환희였다. 그러나 의미 없는 날들이 반
복되자 힘들고 짜증스러웠다. 이제는 말을 해
야겠다고 생각했다. 그런데 왠지 다가가려고
만 하면 뭔가 알 수 없는 탁한 막이 그녀의 앞
을 가로막고 있어 용기를 내기가 쉽지 않았다.
그녀는 늘 다른 데를 보고 있고 가슴엔 이미

뭔가로 꽉 차 있어 윤오가 들어설 자리가 없었
다. 그녀를 보고 있으면 풀지 못하는 수학문제
를 대하고 있을 때처럼이나 막막했다. 그것이
혹 수도생활에 실패한 자의 어떤 모습이 아닐
까도 생각해보았으나 그 일을 후회하지 않는
다고 했던 것으로 미루어 그도 아니지 싶었다.
그녀는 수녀원을 지망했다가 초기 양성기과정
도 마치지 못하고 내쫓기듯 나온 적이 있었다
고 했다. 그녀에게 다가가고 싶은 마음이 커지
면 커질수록 답답한 마음도 커져가서 윤오는
하루하루가 지옥이었다. 윤오는 용기를 내어
보기로 했다.

　미사가 끝나고 성가대석을 빠져나가려는 그
녀 곁으로 다가가 말을 걸었다. 이날 그녀는
헤어밴드 대신 머리를 나비 핀 안에 우겨넣어
말꼬리처럼 길게 늘어뜨렸다.

　보나씨, 잠깐만요.

　저요?

일찍 가야 하나요?

왜요?

밥 먹고 가요.

성가대 회식인가요?

아니, 저랑 먹어요.

저만요?

기대했던 반응은 아니었지만 거절하지 않은 것만도 다행이었다.

윤오는 보나를 앞세우고 성가대석을 빠져나왔다. 입구엔 다두 신부가 신자들을 배웅하며 담소를 나누고 있었다. 윤오를 보던 다두 신부의 시선이 빠르게 뒤따라오던 보나에게로 옮아갔다. 윤오와 보나가 나란히 나오는 걸 본 다두 신부가 말을 걸었다.

오늘 성가 좋았어요.

그야 지휘자가 워낙 출중하니까.

윤오는 농담을 했다. 그녀가 웃었다. 그때 다른 신자들이 신부님에게 말을 걸어오는 바

람에 다두 신부는 같이 있지 못하고 자리를 떴
다. 그 뒤를 보나의 시선이 쫓았다.

　그만 가죠.

　윤오가 보나의 시선을 자르며 말했다.

　가다뇨? 어디루요?

　그녀가 딴청을 부렸다.

　저랑 점심 먹기로 했잖아요?

　전 가겠다고는 안했는데.

　그냥 밥 한 끼 먹자는 건데요.

　미안해요. 빨리 가봐야 하는 걸 깜빡 했어요.

　보나는 윤오를 남겨두고 총총히 자리를 떴
다.

# 5

금방이라도 비가 올 듯 대기가 우중충했다.
이럴 땐 막걸리와 파전이 약이다. 윤오가 헌수
에게 전화를 하려는데 어떻게 알고 헌수가 먼
저 전화를 해왔다. 두 사람의 만남에 용건이
있었던 적은 거의 없었지만 이유는 늘 있었다.
비가 오면 비가 와서, 눈이 오면 눈이 온다는
게 이유였다. 장소는 늘 파라다이스였다. 방
앗간 참새가 무색할 정도로 드나드는 이곳은
언뜻 가게 이름만 들어서는 고급 레스토랑이
나 카페가 연상되나 실상은 성당 뒤쪽에 중산
층들의 가옥이 밀집해있는 골목 귀퉁이에 허

름하게 마련된 선술집이었다. 주인 여자가 제 딴엔 한껏 멋을 부려 지은 이름이겠으나 그것은 누가 보더라도 누더기 옷에 훔친 브로치를 단 것 마냥 흉물스럽고 어색했다. 헌수는 이런 조악한 환경에서도 낙원을 꿈꾸는 주인 여자의 의지가 가상하대나 어쨌대나 하면서 허구한 날 이 집만 들락거렸다. 처음엔 별로 내키지 않던 윤오도 싼 맛에 자주 드나들다보니 차츰 집에서 입는 헌 옷처럼 편안하게 느껴졌다. 아담과 이브가 뛰어 놀던 에덴동산에는 못 미치겠으나 술기운이 거나하게 돌면 이곳도 그럭저럭 낙원의 변방쯤은 되었다.

저 주인여자 말야. 묘한 매력 있지 않니? 가을날 메마른 가랑잎 같은 게 늘상 뭔가를 그리워하는 눈치야. 남편이 집 나갔나? 아님, 애인이 떠나갔나?

손님이 없는 홀을 망연히 홀로 앉아 지키고 있는 주인여자를 보며 헌수가 말했다.

궁금하면 가서 물어봐. 애인 있냐고?

홍합탕을 끼적이며 윤오가 농으로 받았다.

저 아줌마도 전엔 잘 살았을 거야. 술집 이
름을 파라다이스라고 한 걸 보면 그래. 돌아가
고 싶은 그리운 낙원이 있는 거지. 저 아줌마
의 낙원은 남자인 것 같은데….

남자가 낙원이기도 했겠지만 지옥이기도 했
을 거야. 낙원은 동시에 지옥을 부르니까.

그렇지….

막걸리 잔을 비우는 헌수의 손끝으로 막연
한 그리움이 묻어났다. 처음엔 농지거리로 알
았는데 그의 표정에 뭔지 모를 괴로움과 간절
함이 배어있어 윤오는 더 이상 우스갯소리를
할 수가 없었다. 그 분위기에 함몰되어 윤오
는 하마터면 보나에 대한 얘기를 털어놓을 뻔
했다. 어렵게 용기를 냈다가 한 방에 거절당
한 후 윤오는 내내 씁쓸한 심정이었다. 그 일
이 있고나서 그녀도 뭔가 윤오의 마음을 읽었

는지 대하는 게 예전 같지 않아서 윤오는 그녀가 성가대를 떠나버릴까봐 한 가지 고민을 더 얹어서 하고 있었다. 헌수라면 이런 고민에 대한 답을 알고 있지 않을까 생각했지만 입이 쉽게 열리지 않았다. 신부에게 여자에 대해 말하게 하고 싶지 않았다.

꾸물꾸물하던 날씨가 급기야 비를 조금씩 뿌리기 시작했다. 눅눅하던 파라다이스가 비가 오자 차라리 호젓해지는 느낌이었다. 주인 여자가 다 식어버린 홍합탕을 다시 따뜻하게 데워다주었다.

내가 막걸리 좋아하는 건 울 아버지 닮았나봐. 아버지는 평생 막걸리만 드셨거든.

헌수가 갑자기 아버지 얘기를 꺼냈다. 그는 아버지가 돌아가신 후 아버지 얘기를 금기하다시피 했었다.

난 그땐 아버지가 막걸리가 좋아서 줄창 이것만 마셔대는 줄 알았어. 싸고 배불러서 마신 줄도 모르고.

헌수가 오늘은 아버지 생각이 많이 나는 모양이었다. 헌수에게 아버지는 좀 남달랐다. 헌수의 모든 것을 장악하고 군림했던 아버지는 신보다 더 두려운 존재였다. 자존심은 강했으나 시골 빈농의 자식으로 태어나 무지렁뱅이로 자랄 수밖에 없었던 아버지에게 평생의 한은 배움에 대한 목마름과 그것으로 누릴 수 있는 권좌였다. 그 열망은 고스란히 헌수에게 대물림되었다. 그러나 헌수와는 애초부터 지향이 달랐기에 늘 불화가 끊이질 않았다. 헌수는 하느님과의 교감만 원할 뿐 다른 보상을 바라지 않았다. 만일 헌수가 아버지가 원하는 대로 살았더라면 무기력해지고 몰락한 채 허무주의자로 하루하루를 버텨나갔을 것이다.

조금씩 내리던 비가 갈수록 심해졌다. 그 사이 파라다이스엔 손님 한 팀이 더 들어와 가라앉아있던 분위기가 조금 살아났다. 옆 테이블

에 파전을 가져다준 주인여자는 간간이 졸다
가 깨다가 하며 긴긴 밤을 버텼다. 헌수가 술
잔을 비우더니 꽁치 살을 한 점 집어먹었다.

아버지가 돌아가시지 않았다면 넌 신부가
되지 못했을 거야.

윤오가 헌수의 빈 술잔에 막걸리를 따라주
며 아버지의 얘기를 이어갔다.

아마도. 난 아직도 아버지가 신학교로 찾아
와서 나를 끌어내는 악몽을 꿔. 어떤 날은 풍
맞은 몸으로 휠체어를 타고 와서 끌어내기도
해. 이런 내가 남을 위해 봉사할 수 있을까? 아
버지 가슴에 대못을 박아놓고 좋은 신부가 될
수 있을까?

그렇다고 아버지와 사제복을 바꿨다고는 생
각하지 마.

그 말에 헌수는 아무 대꾸도 하지 않았다.
자기 때문에 아버지가 돌아가셨다고까지는 할
수 없어도 사제가 되려는 헌수를 말리다가 풍

을 맞고 건강이 악화된 것만은 부인할 수 없는 사실이었다. 헌수에게 아버지란 존재는 예수가 십자가를 지고 골고다 언덕을 넘었을 때처럼 평생 어깨에 짊어지고 갈 십자가였다.

난 문득문득 그런 생각이 든다. 헌수 니가 가는 이 길이 사랑하는 가족을 버릴 만큼 그렇게 대단한 건가 하고.

나라고 왜 고민이 없었겠니. 그런 생각 수천 수 만 번도 더했지. 그런데 안 되더라. 아무리 발버둥 쳐도 안됐어. 하느님이 날 꽉 붙잡고 놓아주지 않는데 무슨 수로.

헌수가 잠시 회한에 잠기는 듯 말을 끊었다. 윤오는 그런 그를 내버려두었다. 두 사람은 술을 마시다가 가끔 이렇게 한 번씩 말을 삼키고는 멍하니 있곤 했다. 언제부턴가 침묵이 불편하지 않았다. 그 침묵을 먼저 깨는 건 늘 윤오였다.

하느님이 너만 지독히도 사랑하나 보다. 나

같은 놈은 부르지도 않는데.

　말은 그렇게 하면서도 윤오는 헌수의 고뇌가 읽혀 잠시 숙연해지는 기분이었다. 헌수라고 왜 세상 밖의 삶에 대한 동경이 없었을까? 그랬으면 아버지의 삶은 조금 더 연장될 수 있었고 사랑하는 여자와의 미래도 꿈꿀 수 있었을 것이다.

　그러게나 말이다. 왜 나같은 놈을 찍어가지고…. 찍혀서 오긴 했는데 사실 나도 아직 하느님에 대한 완전한 신뢰가 없어. 찾아가는 중이긴 한데 그게 언제 올지 막막하다. 그런 날이 오기는 할지.

　신부인 헌수는 좀 다를 줄 알았는데 헌수도 윤오가 하고 있는 고민을 똑같이 하고 있다는 게 좀 의외였다. 신부도 인간이었구나. 한편 마음이 놓이면서도 한편으론 또 안쓰러웠다. 세속적 삶을 포기했으면 하느님 안에서는 즐거워야 하는데, 그래야 공평한데, 그게 아니라는 얘기였다. 헌수의 목을 휘감고 있는 로만칼라가 사슬처럼 보여 윤오는 그 고리를 끊어주고 싶었다.

헌수야, 복음서에 나오는 예수와 베드로의 일화 있잖아. 예수가 베드로에게 물위를 걸어보라고 했을 때 베드로가 처음엔 물위를 걷잖아. 그런데 도중에 빠져버리고 말지. 왜 그런지 아니?

윤오는 질문을 던져놓고 계속 말을 이어갔다.

사람들은 그게 신성과 인성의 차이라고 하겠지만 나는 믿음의 문제라고 봐. 예수가 갈릴리호를 끝까지 걸어서 건널 수 있었던 건 완전한 믿음이 있었기 때문이고 베드로가 도중에 물에 빠진 건 믿음에 의심이 개입되었기 때문이라고 본다. 처음엔 보란 듯 물위에 발을 올려놓았겠지. 그런데 갑자기 공포가 엄습한 거야. 물에 빠져버릴지도 모르겠다는 공포. 그 순간 빠지는 거지. 아마 끝까지 믿었다면 절대로 빠지지 않았을 거야. 내 말이 믿기지 않으면 당장 가서 시험해 봐도 좋아.

그렇게 잘 알면서 넌 왜 계속 성당 밖을 맴도니?

말했잖아. 나는 안 불러주더라고. 그러니 너는 긍지를 가져.

하느님은 너무 어려워. 평생 연구해도 모를 같아.

동감. 그나저나 신이 있기는 있는 거지?

글쎄. 신이 있다고 믿는 사람에겐 있고 없다고 믿는 사람에겐 없는 거 아닐까?

그 확신은 언제쯤 들까? 그런 때가 오기는 할까?

윤오야, 그런 의미에서 우리 성당에 성서 모임을 한 번 만들어볼까 하는데 니 생각은 어때?

헌수는 어느새 신부님으로 돌아가 있었다.

51

성서? 그거 좋은 생각이야. 이제야 니가 신부다운 발언을 하는구나.

잘 될까?

잘 될 거야.

윤오는 진심으로 헌수가 하는 일에 힘을 실어주고 싶었다.

# 6

다두 신부가 주관한 성서 읽기에 관한 호응
은 의외로 뜨거웠다. 신자들이 성서에 대한 열
망이 강하다는 얘기였다. 다두 신부가 첫 부임
지에서 펼친 사목이 좋은 반응을 보이자 주임
신부도 은근히 흡족해하는 눈치였다.

윤오도 작정하고 덤볐다. 오랜 세월 성당에
다니면서 성서 한 번 완독하지 않았다는 자책
감이 한 몫 했다. 이 기회를 잘 활용한다면 앞
으론 성서적 빈곤감에서 벗어날 수 있을 것이
다.

윤오는 보나와 한 조가 되었다. 신청자 명단

에 보나가 있는 걸 보고 조를 짜는 사무장에게 부탁했다. 그러자니 농 섞인 의혹의 눈길을 피해갈 수 없었지만 구차한 변명거리를 지어내서라도 윤오는 보나와 한 조가 되어야 했다.

성서 읽기 모임은 성가대와는 달랐다. 묵상과 생활 나누기를 통해 자신의 얘기를 했다. 덕분에 윤오는 가만히 앉아서 보나에 대한 정보를 쉽게 얻을 수 있었다. 그런데 그 정보는 보나를 향해 꿈꾸었던 사랑을 원점으로 되돌려놓았다. 단순히 사랑한다는 사실 하나로 그녀를 어떻게 해보려고 했다는 것이 얼마나 무모한 짓거리에 불과한 것이었는지 알게 된 것이다. 그녀의 닫혀있는 곳을 열고 상처를 감싸 안으려면 그 정체부터 알아야 했는데 윤오에겐 그 과정이 빠져있었다.

보나의 집은 성당에서 그리 멀지 않았다. 대신 그녀의 집을 가려면 내[川]를 하나 건너야

했다. 그 내에는 작은 다리와 큰 다리 두 개가 있었는데 그녀는 주로 작은 다리로 건너다녔다. 맑은 날엔 다리 밑으로 물고기들이 노니는 모습이 그대로 보였고 비 오는 날엔 운치가 있어 좋았다.

보나가 이곳에 집을 얻은 건 조용하고 한적해서다. 그녀의 집은 방 하나에 거실 겸 주방이 딸린 다세대 주택이었다. 벽에 있는 맨 위 버튼을 손가락으로 톡 누르면 금세 방이 따뜻해졌고 그 아래 버튼을 누르면 뜨거운 물이 콸콸 쏟아졌다. 그러나 그녀는 그 편의를 한시도 즐겨본 적이 없었다. 동생들을 그렇게 보내놓고 혼자만 편할 수 없었다.

보나는 가족이 넷이었다. 엄마, 그녀, 여동생 비아, 남동생 시로. 아버지라는 사람도 있었겠으나 가족이 필요로 할 때는 옆에 없었다. 엄마와 동생들도 가족이라기엔 힘에 부치는 존재들이었다. 자식 셋을 떠맡고 지릿한 세월을 살던 엄마는 보나가 여상 3학년 때 지병이 재발해 먼저 세상을 떴다. 그러자 가장의 책임은 고스란히 그녀에게로 떠넘겨졌다. 다행이 졸업과 동시에 취직이 되면서 그럭저럭 먹고 사는 일은 꾸려갈 수 있었으나 동생들의 견고한 울타리 역할까지 하기엔 아무래도 역부족이었다. 밖으로 돌기만 하던 여동생 비아는 못된 친구들과 어울리더니 끝내 집을 나가고 남동생 시로마저 영원히 그녀의 손이 닿을 수 없는 곳으로 가버렸다. 그녀의 내면의 우울은 바로 이 지점, 남동생의 죽음에서부터 비롯되었다. 엄마가 세상을 떴을 때도, 여동생이 타락의 장에 내동댕이쳐졌을 때도 무너지지 않았던 그녀가 시로의 죽음에 그토록 흔들릴 수밖에 없었던 건 녀석의 죽음을 방조한 데서 오는 죄의식 때문이었다.

녀석의 죽음은 자살이었다. 한창 예민하던 중학교 2학년 늦은 가을 날, 녀석은 친구들과

산에 놀러갔다가 낙엽이 쌓여있는 수렁을 둔덕으로 잘못 알고 발을 딛었다가 20미터 아래로 떨어지면서 척추를 다쳤다. 휠체어도 못 탈 만큼 일그러졌던 녀석은 그 후 꼬박 5년을 침대 위에서만 보냈다. 그녀는 다니던 직장까지 그만두고 병수발에 매달렸다. 녀석은 스무 살이 되면서 침대 밖으로 발이 삐죽이 나올 정도로 키는 훌쩍 자랐으나 반대로 어리광이 늘어 시시때때로 티브이에 나오는 먹을 것을 내놓으라고 졸랐다. 그녀는 돈을 벌기 위해 다시 직장에 나가야만 했다.

녀석의 죽음 연습은 그때부터 시작되었다. 녀석은 먼저 동맥을 잘랐다. 그러나 그녀에게 발각되어 좌절되었다. 거식증도 그녀가 포기시켰다. 다음은 가스 중독이었다. 녀석은 언젠가 티브이에서 본 것처럼 불편한 몸을 질질 끌고 가서 밸브를 열어놓고 가스통과 연결된 호스에 칼끝으로 구멍을 냈다. 그러나 이도 그녀가 혼신의 힘을 다해 문턱까지 온 저승사자를 밀어냈다.

그녀는 지쳐갔다. 녀석도 무슨 맘인지 한동안 자살 소동은 없었다. 그래서 그녀도 긴장의 고삐를 풀었다.

그러던 어느 봄날, 녀석은 잔인하리만치 강하게 내리쬐던 4월의 햇살을 감당하지 못해 침대에서 몸부림치다가 이불을 갈기갈기 찢어 나선형으로 꼬아 끈을 만들었다. 그 끈을 침대 머리에 모다 매자 언젠가 죄수 영화의 사형장에서 본 것처럼 둥근 원이 만들어졌다. 녀석은 그 안으로 머리를 집어넣었다. 그리고 서서히 아주 서서히 숨통을 조였다. 그때 현관문이 열리고 보나는 보았다. 그러나 웬일인지 한 번 풀어놓았던 긴장의 고삐가 다시 조여지지 않았다. 그녀는 바라보고만 있었다. 그리고 맘속으로 외쳤다. 어서 빨리 더욱 힘을 가해 숨통을 완전히 끊어버려. 이제 날 놓아줘. 그러나 외침은 부메랑이 되어 다시 돌아왔다. 누나, 살려줘. 살고 싶어. 그녀는 두 눈을 감고 두 귀를 막았다.

이제 그녀가 짊어져야 할 짐은 없었다. 그런데 그녀는 더 무거운 짐에 시달렸다. 결국엔 수녀원을 지망했다. 그러나 6개월도 채 되지 않아 쫓기듯 그곳을 나왔다. 수도생활을 하기엔 몸이 너무 허약하고 아무래도 성소聖召가 부족한 것 같다는 게 이유였는데 그건 구실에 불과할 뿐 면담 수녀는 그녀가 동생의 죽음을 방조하고 수녀원으로 도망치려 한다는 걸 알고 부적합 판정을 내렸던 것이리라.

수녀원에서조차 내몰린 그녀는 한동안 단절된 나날을 보냈다. 시간이 지나고 다시 성당을 찾으면서 일상에 젖어드는 듯 했으나 여동생을 만나면서 내면의 우울은 더 깊어졌다.

그녀가 여동생 비아를 만난 건 2년 전, 가출

하고 대략 6년 만이었다. 여동생은 남쪽 소도
시 어딘가 쯤에 있다고 했다. 물어물어 찾아간
곳은 역사 뒤쪽의 허름한 쪽방 촌이었다. 골목
하나를 사이에 두고 여자들이 마루에 나와 앉
아 시시덕거리거나 볕을 쬐고 있었는데 한 눈
에 보기에도 그렇고 그런 곳이었다.

비아가 있는 곳은 골목이 끝나는 어귀쯤 해
서 두서너 집 안쪽에 있었다. 비아는 다락처럼
생긴 난간에 기대어 앉아 발톱을 자르고 있었
다. 헐렁한 민소매 차림에 머리는 달팽이처럼
감아 흘러내리지 않게 비녀처럼 젓가락을 꽂
았는데 스무 살의 나이는 온데간데없었다. 비
아는 보나를 보자 언니 왔어?, 하고는 깎던 발
톱을 계속 깎았다. 보나는 최근에 비아를 만
난 적이 있었나 생각해보았다. 그러나 아무리
곱씹어도 기억은 6년 전에서 끊겨 있었다. 그
런데도 비아는 며칠 전에 보고 또 보는 것처럼
아주 태연했다. 그때 보나는 그런 생각이 들었

다. 살다가 언니를 만나게 되면 그렇게 하리라고 맘먹고 있었는지도 모르겠다고. 그러나 아무리 작정하고 살았더라도 갑자기 맞닥뜨리면 흔들리는 모습을 들키고 마는 게 사람인데 이렇듯 남 대하듯 할 수 있다는 건 연습이 가져다 준 게 아닐 것이다.

보나는 동생 옆에 앉았다. 그리고는 멍하니 햇볕이 내리쬐는 골목을 바라보았다. 가끔씩 발톱이 튕겨오면 주워서 발밑에 깔려있는 광고지 위에다 놓아주었다. 그랬을 뿐 아무 말도 하지 않았다. 비아가 발톱을 다 깎았는지 손을 탁탁 털고는 허리를 펴더니 발톱이 있는 광고지를 구겨 사정거리 안의 쓰레기통으로 휙 던졌다. 잘못 빚어진 만두처럼 생긴 그 광고지는 정확하게 목표물에 가서 꽂혔다. 비아는 그걸 확인도 안한 채 내처 방으로 들어가더니 매니큐어를 가지고 나와 잘 다듬어진 발톱에 발랐다.

보나는 그냥 돌아가야 할 것 같은 상념에 사
로잡혔다. 메니큐어를 다 칠한 다음에 갈까 지
금 일어날까 고민하다가 지금 일어서기로 했
다. 메니큐어를 다 칠한 다음에 일어나면 이
별이 곤혹스러울 것 같았다. 서먹함을 줄이려
면 지금이 나았다. 그러면 비아는 언니가 가고
도 하던 짓을 계속할 것이고 언니는 메니큐어
를 바르는 중에 잠깐 스쳐간 손님처럼 될 수도
있기 때문이었다. 보나가 나 갈게, 하고 일어
섰다. 비아가 그러든지, 하고 받았는데 그녀는
그 말에 상처받지 않으려고 아랫입술을 지그
시 깨물었다. 그리고는 출입구 쪽으로 차마 떨
어지지 않는 발걸음을 옮겨놓았다. 그때, 6년
만에 만난 언니를 보고도 소 닭 보듯 시종 시
큰둥하던 비아가 불쑥 한 마디를 내뱉었는데
그 말은 곧바로 화살이 되어 그녀의 심장에 와
서 꽂혔다. 시로 오빠는 잘 있어?

보나는 돌아오는 열차 안에서 내내 흐느꼈

다. 수녀가 되지 않은 게 천만다행이었다. 동생은 창녀인데 언니는 수녀라는 생각을 하니 기가 막혔다. 극과 극은 통한다고 하지만 아무래도 이건 아니었다.

　남동생의 자살을 지켜보고, 수녀원에서 추방당하고, 역사 뒷골목에서 여동생을 보고 온 후 그녀는 한동안 세상과 멀리했다. 세상도 하느님도 그녀 편이 아니었다. 그러다가 우연히 전에 일하던 피혁공장의 상사를 만나 가방공장에 취직이 되면서 그녀는 비로소 세상과 화해할 마음을 먹었다. 일은 그녀에게 동생들을 생각 할 틈을 주지 않았다. 아침이면 조금 더 자고 싶은 유혹을 누르고 일어나 세수를 하고 화장을 하고 출근을 해서는 가죽 닦는 일부터 시작해서 재단에 접착에 박음질까지 하루 종일 시달리다 보면 하루가 어느새 훌쩍 가버렸다. 집에 오면 씻는 것도 귀찮아서 그냥 곯아

떨어졌다. 그녀는 이 고단함이 즐거웠다. 자신의 수고로 방을 따뜻하게 데운다고 생각하니 난방 버튼을 누를 때 뭔지 모르게 미안하던 마음도 사라졌다. 그녀는 이 생활을 당분간 계속하기로 했다.

# 7

윤오는 성가대의 단합을 위해 다두 신부에게 엠티를 제안했다. 그 제안은 흔쾌히 받아들여졌고 때와 장소는 주말, 가까운 바닷가로 정해졌다.

윤오는 1박2일이란 시간 동안 보나와 함께할 거라는 기대에 부풀었다. 그런데 자신이 제안한 엠티가 오히려 헌수와 보나에게 멍석을 깔아주는 꼴이 될 줄은 미처 예상치 못했다.

등잔 밑이 어둡다는 말은 이럴 때 쓰는 것이었다. 윤오는 자신과 가장 가까운 사람이 자기모르게 이럴 줄은 몰랐다. 헌수는 누가 뭐래도 윤오가 가장 친하다고 자부하는 친구였다. 보나는 아직 그녀의 마음까지는 얻지 못했지만 윤오의 전파가 가장 많이 미치고 있는 이성이다. 말하자면 헌수와 보나는 윤오에게 전부라는 얘기다. 물론 그 두 사람이 윤오와 각각 가깝다고 해서 둘이 따로 친하지 말라는 법은 없다. 그렇지만 헌수가 누구인가. 그는 여자라면 친구로서도 경계해야 할 신부이다. 보나는 또 어떤가. 그녀는 세상에 둘도 없는 천사의 얼굴로 남자는 만나보지도 못한 듯 윤오가 가까이 다가가는 것조차 꺼렸다. 그런데 두 사람이 윤오 모르게 따로 관계를 만들어가고 있었던 거였다. 인간은 몇 겹의 베일을 벗겨야 그 본성이 드러나는 걸까? 그 베일이 얼마나 두터웠으면 그렇게 새까맣게 모를 수 있었을까? 윤오는 헌수가 끝까지 교회의 율법을 따를 신부님이라 여겼고, 보나는 지금은 비록 윤오가 그녀의 주변인에 불과하지만 언젠가는 그녀의 남자가 될 거라 스스로 규정지어 놓았었다. 그러니까 윤오는 베일에 싸여진 환상만 보고 그 두 사람을 자기만의 잣대로 판단하고 상식적인 틀에 가둬두었던 것이다. 환상이 사라진 이상 헌수는 좋은 사제가 아니고 보나도 더 이상 정숙한 여자가 아니다. 본성대로 살아가는 그저 그런 사람일 뿐이었다. 윤오는 애초에 그녀를 맘에 담지 말았어야 했고, 그들의 삶에도 개입하지 말았어야 했다. 그걸 좀 더 일찍 깨달았어야 했는데 깨달음은 언제나 일이 벌어지고 나서야 찾아왔다.

주말, 윤오는 엠티 날을 받아놓고 소풍을 기다리는 어린아이 마냥 들뜬 기분으로 지내다가 성당으로 갔다. 출발 시간에 맞춰 대원들이 하나 둘 성당 마당으로 모여들었다. 그런데 보나가 보이지 않았다.

보나 자매님은 아직 안 왔나요?

윤오는 최대한 감정을 싣지 않으며 물었다.

그녀는 공장 일이 많아 저녁때나 되어야 올수 있다고 했다. 다두 신부도 저녁 미사가 있어 미사 후에 온다고 했다. 두 사람은 후발 주자로 남게 되었다. 윤오는  다두 신부가 무척이나 부러웠다.

성당 마당에 널럴하게 깔려있던 대원들이오징어순대 속처럼 두 대의 승합차에 실려 성당마당을 빠져나갔다. 차 안은 모처럼의 나들이를 즐기려는 대원들의 흥으로 들썩였다. 그러나 윤오는 성당에 버리듯 두고 온 다두 신부와 일 때문에 함께 출발하지 못한 보나가 신경쓰여 즐겁지만은 않았다.

자동차가 바닷가에 이르자 물을 본 대원들이 열광했다. 윤오도 반바지 차림으로 바다에뛰어들었다. 그러나 보나가 함께 하지 못한 허전함은 무엇으로도 채워지지 않았다.

얼마를 그렇게 견뎠을까, 시간이 기다림에비례하지는 않았지만 어느 덧 석양이 해의 꼬리를 잡아먹고 있었다. 해가 넘어가자 대원들도 하나 둘 물에서 나오기 시작했다. 열기가 누그러들고 모래밭도 식어가면서 한적한 시골 바닷가의 저녁이 무르익어 갔다. 이제 그들은 김이 오르는 저녁밥을 짓기 시작했다.

성가대원들이 엠티 장소를 향해 떠나고 헌수는 또 혼자 남겨졌다. 이젠 익숙해질 때도 됐는데 사람들이 뜨고 난 자리는 언제나 허허로웠다. 그것은 영화가 끝나고 관객이 돌아간 뒤에 혼자 객석에 남아 그들이 흘리고 간 과자 부스러기를 쓰는 기분 같은 것이었다. 외로움도 병이라면 이럴 때를 대비해 예방주사라도 한 대 맞아놓고 싶었다.

그런데 어떤 위안이 슬금슬금 고개를 내밀었다. 보나였다. 보나와의 동행이 헌수를 달래고 있었다. 헌수는 자신이 그녀를 의지하고 있다는 게 놀라워 얼른 마당을 벗어났다. 마음이

어지러울 땐 차라리 일을 하는 게 나았다. 헌수는 엠티 장소에 가서 해야 할 프로그램을 다시 한 번 검토하기 위해 방으로 들어갔다. 그러나 방으로 들어와서도 내내 딴 짓이었다. 저녁에 입을 옷을 고르느라 옷장을 한참이나 뒤적거렸다.

미사가 끝나고 나오니 보나는 벌써 와 있었다. 청바지와 티셔츠에 야구모자를 눌러 쓴 것이 얼추 보면 아무렇게나 입은 것 같았지만 머리에서 발끝까지 꾀나 신경을 쓴 흔적이 역력했다. 공장 일은 왠지 핑계 같았다. 헌수가 아까 성가대원들과 같이 출발했더라면 설사 공장 일이 저녁때 끝난다 해도 그녀 역시 시간을 앞당겼을 것이다. 헌수는 도리질을 쳤다. 이런 생각을 한다는 것 자체가 벌써 그녀를 의식하고 있다는 증거였다. 헌수는 생각을 떨쳐버리려고 얼른 자동차에 올랐다.

헌수의 사륜구동이 경사진 언덕을 힘차게

오르며 성당 마당을 빠져나갔다. 그리고는 골목을 벗어나 곧장 국도로 접어들었다. 차가 경로를 따라 움직이는 동안 헌수와 보나는 아무 말도 하지 않았다. 전에도 말을 많이 나누는 사이는 아니었으나 함께 있으니 더 말이 나오지 않았다. 헌수는 그 어색함이 불편해서, 그 불편함이 어디서 오는 것인지를 알기에 그들은 그냥 사정상 뒤늦게 합류한 신부와 신자일 뿐이라고 그렇게 자신을 다독였으나 다독인다고 나아지는 건 아니었다. 자동차는 석양을 가르며 엠티 장소와의 거리를 조금씩 좁혀가고 있었으나 차안의 공기는 출발할 때의 먹먹함에서 벗어나지 못하고 있었다. 말이라도 하면 나아질까 싶어 의미 없는 말을 던져보기도 했지만 낯선 공기는 좀처럼 가시지 않았다. 그 기운은 잠시 떠나가는 듯하다가 차안을 한 바퀴 휘돌고는 다시 온몸에 와서 달라붙었다. 헌수는 그녀 앞에서 왜 이렇게 쩔쩔매고 있는지 알다가도 모를 일이었다.

부임 초기, 헌수는 성가대 모임이 있는 수
요일과 미사가 있는 주일이 즐거웠다. 성가대
연습에 가면 어딘가로부터 오는 강한 에너지
가 파장을 이루며 헌수 주위를 맴돌았고, 주일
도 많은 인파가 있었으나 어느 한 지점에서 핑
크빛 향기가 새어나와 헌수에게로 날라 오는
걸 느낄 수 있었다. 그건 괜시리 사람을 즐겁
게 했다. 그 실체가 한 여자 때문이었다는 걸
알고 나서 조금 당황했으나 이 정도는 괜찮다
고 생각했다. 이쯤은 하느님 안에서 얼마든지
극복할 수 있다고 타일렀다. 그런데 언제부턴
가 흔들리지 않으려고 안간힘을 쓰고 있다는
걸 알았다. 모락모락 김이 올라 바깥으로 새어
나오려고도 했다. 헌수는 꾹꾹 눌러가며 여기
까지 왔다. 보나와의 동행이 결정되었을 때 헌
수는 반갑지 않았다. 왠지 그녀가 자꾸만 헌수
안으로 걸어 들어오고 있다는 생각이 들었다.

헌수는 신부인데 이러는 그녀가 맹랑하게까지 느껴졌다. 헌수는 그녀를 막아야 한다고 생각했다. 그때 대형 화물 트럭 한 대가 헌수의 사륜구동 옆을 쌩하고 지나갔다. 정신이 번쩍 들었다.

먹먹함이 감도는 사이 차는 어느새 목적지에 당도했다. 바다는 수평선 끝자락에 걸린 노을과 국도변을 따라온 어스름과 합류하면서 자줏빛 황홀경을 연출했다. 헌수와 보나를 본 대원들이 우르르 몰려와 환영했다. 덕분에 어색함은 가셨지만 헌수는 왠지 씁쓸한 기분이었다.


저녁식사의 메뉴는 참치김치찌개와 카레라이스였다. 헌수와 보나가 오는 시간에 맞추느라 식사 시간이 좀 늦어졌다. 도착하니 식사 준비는 다 되어 있었다. 두 사람이 나란히 들어설 때 윤오는 뭔지 모르게 아주 잠깐 그들의 동행이 거슬렸으나 반가움이 워낙 커서 그 기분은 곧 사라졌다.

물놀이로 허기가 진 탓에 음식은 순식간에 동이 났다. 윤오도 보나도 다두 신부도 모처럼 맛있는 저녁을 먹었다. 그러나 웃고 떠들고 먹고 마시는 동안에도 윤오의 내부엔 보나를 향한 지향만이 들끓었다. 윤오는 이날 밤 기회를 봐서 그녀에게 고백을 할 작정이었다. 윤오는 이미 그녀에 대한 학습을 마친 상태였다. 남동생의 죽음을 방조하고 수녀원에서 내쫓기고 여동생을 악의 소굴에 방치한 것이 결코 평범한 삶의 함량은 아니겠으나 그것이 사랑을 받아들일 수 없는 이유는 되지 못한다고 생각했다. 오히려 불행의 늪에 빠져 있을수록 사랑이 스며들 수 있는 자리는 더 많았다.

캠프파이어가 무르익을 때쯤 그녀가 자리에서 일어났다. 그녀는 분위기에 잘 적응이 안 되는지 내내 얌전한 고양이처럼 웅크리고 앉아있더니 대원 한 사람이 한 무더기의 장작을 더 쏟아 붓자 홀연히 일어나 어디론가 가버렸다.

그녀는 바다가 보이는 외진 곳에 혼자 앉아 있었다. 그 모습이 너무 단호해 보여 누군가의 개입을 꺼리게 했으나 윤오는 이 절호의 기회를 놓치고 싶지 않았다.

왜 혼자 와 있어요?

윤오가 다가가 앉으며 말을 걸었다.

아, 안드레아 선생님.

그녀가 흠칫 놀라며 한 자국을 뗐다 앉았다.

바람이 찬데….

바람이 찬 건 맞지만 바람 따위가 문제가 되진 않았다.

저기 고깃배 불빛이 보석을 박아놓은 것 같지 않아요?

보나가 무심하게 말했다. 윤오는 지금 아무것도 눈에 들어오지 않았다. 금방이라도 그녀

가 일어나 훌쩍 가버릴 것만 같았다. 윤오는
더 이상 망설이지 않기로 했다. 어차피 한 번
은 부딪혀야 할 일, 지금처럼 좋은 기회가 또
올 것 같지 않았다.

저, 할 얘기 있어요.

보나가 대답 대신 윤오를 빤히 쳐다보았다.

날 밀어내지만 말았으면 좋겠는데….

윤오는 그렇게 말해 놓고 그 말이 적절했는
지를 잠시 생각했다.

무슨 말인지…?

그녀가 모르는 척 했다.

그쪽을…사랑…한다구요.

윤오는 질러버리길 잘했다고 생각했다. 언
제까지 빙빙 둘러갈 수만은 없었다.

그녀는 놀라지 않았다. 언젠가 이런 날이 올
걸 예상이라도 한 듯 담담했다. 주구장천 그녀
곁을 맴돌았으니 모르는 게 더 이상했다. 그녀
가 일하는 가방 공장에 들러 사들인 가방만도

벽장 하나를 채우고도 남았다. 윤오는 불쑥 내
질러놓고 그녀의 반응만 기다렸다.

저… 사랑하는 사람 있어요.

윤오는 잠시 얼음이 되었다. 그녀에게 사랑
하는 사람이 있다는 말이 우주 밖에서 들려오
는 것처럼 아득하게만 다가왔다. 그녀도 누군
가를 사랑할 수 있는데 윤오는  그 생각을 못
했다.

사랑하는 사람이 있다구요.

그녀는 다시 한 번 못 박듯 말하고 그 자리
를 떴다.

저기…

무슨 말인가를 하려는 윤오의 발등 위로 파
도가 와서 철썩 덮쳤다.


캠프파이어의 장작이 몇 개의 불씨를 남기
고 재로 변해갈 때쯤 헌수와 보나는 다시 돌아
가는 차에 올랐다. 헌수는 일요일 새벽미사를

집전해야 했고 보나는 공장에 출근해야 했기 때문이다.

아까 했던 성소에 대한 프로그램 어땠어요?

헌수는 올 때와 같은 먹먹함을 되풀이하지 않으려고 먼저 말문을 텄다.

저는 성소가 모든 사람들에게 다 있다는 거 처음 알았어요.

사람들은 성소聖召 하면 수도성소만을 떠올리는데 원래 뜻은 하느님의 거룩하신 부르심이거든요. 그러니까 신부든 선생이든 예술가든 청소부든 자기가 소신을 바쳐 종사하고 있으면 그게 곧 성소인 거죠.

신부님은 자신의 성소에 만족하시나요?

그녀의 말에 뭔지 모를 원망이 배어있어 헌수는 미처 답할 말을 찾지 못했다. 차안에 다시 정적이 찾아들려고 했다.

안드레아 선생님 어때요?

헌수는 얼른 분위기를 바꾸었다.

뭐가요?

아니, 그냥 머 남자로 어떠냐 하구요.

헌수는 돌아갈 준비를 하기 위해 보나를 찾아다니다가 바닷가 모래사장에 보나가 윤오와 함께 있는 것을 보았다. 같은 성가대원으로 그들이 허물없이 지낸다는 건 알고 있었지만 그때의 분위기는 사뭇 달랐다. 두 사람이 왜 그렇게 침울한 표정으로 화난 듯 서로 바라보고 있는지 내막은 모르겠으나 헌수는 왠지 소외되는 듯한 느낌을 받았다. 그것은 질투나 분노의 색깔을 띠고 있기도 했다.

글쎄요. 보나는 시큰둥하게 대꾸함으로써 윤오를 대화의 중심으로 끌어들이지 않으려고 했다. 그녀가 윤오에게 관심이 없는 게 헌수는 내심 반가웠다. 윤오가 아직 헌수에게 말은 하지 않았지만 보나에게 마음이 있다는 걸 알게 되면서 헌수는 보나를 윤오에게 떠넘길 생각도 했었다. 두 사람이 사귀고 있으면 헌수가 마음을 정리하기가 훨씬 쉬울 것 같아서였다. 그래놓고 그녀가 윤오를 좋아하지 않는다는 반응에 안도하는 자신이 어이없고 황당했다.

자동차가 어느새 국도에서 시내로 접어들 었다. 멀리 달빛 아래로 성당의 십자가가 훤히 드러났다. 헌수는 그녀를 집 앞까지 데려다 주 었다.

잠깐 들어갔다 가실래요?

그녀가 뜻밖의 제안을 했다. 헌수는 잠시 망 설이다가 그러자고 했다. 그녀의 방은 헌수에 게도 염원이었다.

그녀가 현관 키를 꽂았다. 헌수는 주문을 외 웠다. 그녀와의 추억은 남은 생에 힘이 될 것 이라고.

그녀가 마루의 스위치를 올리자 전등 아래 로 살림살이가 한 눈에 드러났다. 그녀의 속살 을 본 듯 계면쩍었다. 그녀도 쑥스러운지 차를 끓이겠다며 얼른 주방으로 갔다. 사나흘은 어디를 다녀온 듯 하루가 아득했다. 주방에서부터 은은한 커피 향이 흘러나왔다. 그때 헌수는 엉뚱한 상상에 빠졌다. 그녀의 온기가 느껴지는 이 집에 오래 머무르고 싶다는. 그녀가 생선구이 한 밥상을 들어 나르고, 바나나를 까먹으며 트롯프로를 보고, 집 앞 공원에 나가 저녁 산책을 하는, 그닥 행복하다고도 불행하다고도 할 수 없는 딱 그저 그런 평균치의 삶을 사는 모습을 그려보았다. 그것도 좋을 것 같았다. 그녀와 함께라면. 그러나 누가 뭐래도 자신은 신부였다. 그 정도 삶에 흔들릴 것 같았으면 사제가 되지도 않았다.

하느님이 인간에게 내린 가장 큰 형벌이 뭔지 알아요?

헌수가 묻자 그녀가 대답 대신 커피를 가져다 놓았다.

공동체에서 분리시키는 거예요. 철저하게 고립시킴으로써 절대 고독에 놓이게 하는 거죠.

외로움이라는 데로 주제가 좁혀지자 주변을 맴돌던 감정의 에너지 흐름이 공감대를 찾으면서 그 안에서 머무르고 싶어 했다. 헌수는 이 방을 나가야겠다고 생각했다. 더 머무르다가는 감정이란 놈이 본질 깊은 곳으로 기습해 들어가 이성을 아주 무기력하게 만들어버릴지도 몰랐다. 그런데 몸이 말을 듣지 않았다. 공감대 속에 자리한 그 외로움의 주범이 뭔지 알고 난 후 감정은 더 팔팔하게 살아서 날뛰었다. 이제 두 사람을 제압하고 있는 건 경직성뿐이었다. 그런데 경직성은 불편함이라는 속성을 안고 있어 그 순간이 오래 가지 못했다.

그만 일어나야겠어요. 차 잘 마셨어요.

헌수는 자리를 털고 일어났다. 그녀도 잡지 않았다. 오늘은 여기까지만 하자고, 이것으로도 충분하다고 생각했다.

헌수의 사륜구동이 그녀의 집을 벗어나 큰

다리 위를 내처 달렸다. 헌수가 사라질 때까지
그녀는 집 앞에 계속 서 있었다.

# 8

 

헌수는 기숙사를 나와 강의실을 향해 뛰었
다. 그러나 아무리 달려도 강의실은 보이지 않
았다. 미로처럼 얽혀있는 길은 좀처럼 출구를
드러내지 않았다. 허둥지둥  떠다니다가 간신
히 강의실에 도착했다. 그러나 강의실엔 아무
도 없었다. 헌수는 다시 교수님과 동료들을 찾
아 이리저리 헤매고 다녔다. 복도 맨 끝 강의
실에 동료들이 있었다. 교수님은 엄격하기로
소문난 영성지도 신부님이었다. 막 출석을 부
르고 있었다. 헌수는 앉을 자리를 찾았으나 빈
의자가 없었다. 의자뿐 아니라 책도 필기도구

도 없었다. 헌수는 다시 허둥댔다. 그런데 더
이상한 건 교수님이 출석을 부르는 내내 헌수
의 이름을 부르지 않는다는 거였다. 출석부엔
아예 헌수의 이름이 빠져 있었다. 그 막막하고
도 답답함은 수업이 끝난 후에도 계속되었다.
헌수가 동료들에게 말을 걸어도 모르는 사람
인양 대꾸도 없이 제각각 혹은 끼리끼리 강의
실을 빠져나갔다. 헌수는 그들의 뒤꽁무니만
우두커니 바라보다가 터덜터덜 강의실을 나
왔다. 그리고 건물을 돌아 나오는데 갑자기 한
무리의 동료들이 헌수 앞을 가로막고 나섰다.

이 배신자! 우리들 얼굴에 똥칠을 할 셈이
냐? 너 같은 놈은 우리 손에 맞아 죽어야 해!

누군가의 말이 떨어지기가 무섭게 동료들이
떼로 달려들어 헌수를 패기 시작했다. 갈비뼈
밑으로 구둣발이 사정없이 들어오고 등짝이며
정강이 아래로 퍼붓는 듯한 매 세례가 쏟아졌
다. 저항 한 번 못한 헌수의 몸뚱어리는 순식

간에 찢어진 걸레처럼 널브러졌다. 그래도 동료들의 발길질은 끊이질 않았다. 아악! 외마디 비명을 질러대던 헌수는 차츰 혼미해지는 의식 속으로 떨어졌다.

잠에서 깬 헌수는 이곳이 어딘지 부터 살폈다. 창틈으로 어슴푸레 밀려오는 새벽 여명 사이로 익숙한 사물들이 하나 둘 눈에 들어왔다. 책상과 의자, 옷장, 십자고상, 시계. 사제관의 헌수 방이었다. 휴, 헌수는 얕은 한숨을 내쉬었다. 꿈이라기엔 너무 또렷하고 가혹했다. 얼마나 진땀을 뺐는지 시트며 온 몸이 눅눅했다. 죽도록 매 타작을 당하던 사지는 아직 그 공포가 남아있어 여전히 웅크린 채였다. 갈비뼈 아래는 아직도 욱신거리는 듯했다. 그 아픔 위로 조금 전 헌수를 냉대했던 동료들의 얼굴이 하나 둘 다시 떠올랐다. 어떻게 알았을까. 아직 아무에게도 마음속의 지옥을 얘기하지 않있는데.

　보나의 방을 다녀온 후부터 헌수는 자주 악
몽에 시달렸다. 헌수는 다시 잠들기를 포기하
고 사제관을 나섰다. 헌수의 발걸음이 어느새
그녀의 집을 향하고 있었다. 다리를 건너고 제
방에 오르니 그녀의 방이 한 눈에 보였다. 그
방엔 아직 불이 환하게 살아 있었다. 사방 어
둠 속에 홀로 불을 밝히고 있어 산 깊은 암자
에 혼자 외따로 있는 듯 적막감이 감돌았다.
헌수는 그 속으로 들어가고 싶어 아래를 향해
한 발 내딛었다. 그러다가 우뚝 멈췄다. 이 자
리에서 한발이라도 더 내딛었다가는 제어장치
가 고장 난 기계처럼 그녀의 방으로 곧장 돌진
해 들어갈 것만 같았다. 그러나 이대로 돌아간
다면 침대 위에서 또 혹독한 사투를 치러야 할
게 뻔했다. 그 형틀을 떠올리자 탄식과도 같
은 신음이 흘러나왔다. 이젠 그 수렁에서 나오
고 싶었다. 헌수는 다시 한 발을 내딛었다. 그

런데 그때였다. 사각의 불빛이 갑자기 툭 하고
꺼졌다. 헌수는 제방 한 언저리에 풀썩 주저앉
았다. 그녀의 방이 사라지면서 팽팽하게 긴장
되어 있던 의식의 동아줄이 순간 끊겨버렸다.
뭔가 알 수 없는 힘이 헌수를 막고 있다는 느
낌이 왔다. 헌수는 머리를 쥐어뜯었다. 대체
무슨 일을 저지르려는 것인가. 어쩌다가 여기
까지 왔는가.

# 9

보나가 3주째 성당에 나오지 않았다. 성가
대에도 성경공부반에도 하물며 미사에도 안
왔다. 당연히 전화도 먹통이었다. 한 주만 안
보여도 일손이 안 잡히는 윤오에게 3주는 견디
기 힘든 시간이었다.

윤오는 보나가 일한다는 공장에 가보았다.
그녀에게 사랑하는 사람이 있다는 날벼락 같
은 얘기를 들은 후 윤오는 그녀의 근처를 얼씬
거리지 않았다. 그러나 지금은 거기라도 가보
지 않고서는 그녀의 행방을 알 도리가 없었다.
공장엔 그녀가 가깝게 지내던 상사가 마침 있

었다. 여길 그만 둘 아가씨가 아닌데, 가족이 있는 것도 아니고, 난 두 분이 가깝게 지내는 같아 함 선생 보면 물어볼라 했는데 나보다 더 갑갑하시구먼. 상사는 보나에 대한 정리가 끝난 얼굴로 툭 그 말만을 내뱉고는 사무실을 나갔다. 보나가 공장을 그만 둔지는 벌써 한 달이 넘었다고 했다.

윤오는 공장을 나와 터벅터벅 걸었다. 강한 햇살이 정수리 위로 한꺼번에 쏟아졌다. 막막했다. 이젠 어디로 가야 하나. 아니, 어떻게 살아야 하나. 그러다가 무턱대고 걸어간 곳이 그녀의 집이었다. 가봐야 헛일일 걸 알면서도 눈으로 직접 확인하고 싶었다.

아직 사람이 들지 않은 그 방은 보나의 흔적을 말끔히 거둬내고 새 임자를 기다리고 있었다. 빈 방에서 그녀의 체취를 느껴보려다가 윤오는 문득 서글퍼져서 벽을 등지고 앉았다. 윤오가 보나에게서 가질 수 있는 건 이 빈 방처럼 그녀의 빈 그림자뿐이라는 생각이 들었다. 알맹이는 다른 누군가가 차지하고 윤오는 늘 그녀의 한 언저리만을 껴안고 있는 듯한 느낌이었다.

윤오는 보나의 방을 나와 하릴 없이 왔던 길을 다시 걸었다. 잠수교 물살이 햇빛을 받아 반짝였다. 그 물빛이 아찔할 만큼 아름다워 윤오의 초라함을 더 자극했다. 윤오는 딱히 갈 데가 없어 잠수교에 쭈그리고 앉아 물고기들의 노니는 모습에 정신을 내려놓았다. 왠지 그녀가 손닿을 수 없는 곳으로 영영 가버린 듯한 느낌이 들었다. 엠티를 갔던 바닷가에서 그녀에게 사랑하는 사람이 있다는 얘기를 들은 후 더 이상 그녀 곁을 맴도는 건 의미 없었지만 그렇다고 이대로 물러설 수도 없었다. 윤오는 그녀가 사랑한다는 사람과 한 번도 만나는 걸 본 적이 없었기 때문이었다. 그 흔한 문자 메시지 한 통 받는 것도 보지 못했다. 물론 그녀와 스물 네 시간 함께 있는 건 아니었지만 그래도 누군가 있다면 이렇게 모를 수는 없었다. 그녀가 사랑하는 사람이 있다는 건 윤오를 거절하기 위한 구실이라고 제 멋대로 생각해버렸다. 그러자 다시 용기가 생겼다. 윤오는 그녀의 소재를 알아내기 위해 또다시 여기저기를 들쑤시고 다녔다. 사랑은 상대가 원치 않아도 지속되는 힘이 있었다. 그러나 돌아오는 답은 언제나 모른다는 거였다. 당연히 전출입 신고도 되어 있지 않았다.

그런데 전혀 예기치도 않은 곳에서 그녀의 소식을 들었다. 헌수의 동생 헌정이 그녀를 보았노라 전화를 해온 것이다. 헌정은 오빠를 만나러 성당에 왔다가 보나를 본 적이 있었다. 헌정은 헌수와 윤오와 보나가 자주 만나며 잘 지내고 있는 걸 알고 있다. 윤오가 보나를 각별하게 생각한다는 것도 눈치로 알고 있었다. 어제 시내에 나갔다가 우연히 보나 언니를 만

낮어요. K시로 이사를 했다네요. 근데 뭔가 좀
이상해서 윤오오빠에게 전화해본 거예요. 오
빠도 몰랐구나. 어쩐지… 내일 보나 언니 집에
놀러가기로 했으니까 다녀와서 다시 전화 드
릴게요.

헌정에게서 보나의 소식을 들은 즉시 윤오
는 K시로 달려갔다. 주소만으로는 찾기 어려
워 헌정이를 부를까 하다가 그만뒀다. 윤오는
그녀를 혼자 만나고 싶었다. 주소를 들고 물어
물어 찾아간 곳엔 모양새만 2층인 허름한 양옥
이 한 채 있었다. 얼추 중산층 정도로 가늠되
나 그 낯선 가옥과 보나는 잘 연결이 되지 않
았다. 다시 잘 보니 담 쪽으로 방이 하나 따로
나 있었다. 세를 놓기 위해 지어놓은 방 같았
다. 보나는 이 방에 있나보았다.

윤오의 가슴이 조심스럽게 방망이질을 해
대기 시작했다. 그녀를 만날 생각을 하니 반가
우면서도 눈앞이 캄캄했다. 무슨 말을 어떻게

해야 하나. 여기까지 찾아온 걸 보고 질리지나 않을까. 한참을 문밖에서 서성거렸다. 그냥 돌아갈까도 했으나 만나보고 싶은 마음에 비하면 어림없었다. 윤오는 대문을 밀고 마당으로 들어섰다. 그리고 용기를 내어 방문에 대고 노크 했다. 아무런 기적이 없었다. 방에 없나? 윤오는 사지에 맥이 탁 풀렸다.

그때 안채에서 인기척이 났다. 대문 소리에 내다보는 것 같았다. 쉰 살쯤 되어 보이는 비쩍 마른 남자는 가족 건사도 못하게 생겼다. 그래서 방이라도 세놓을 작정을 했을 것이다. 그러나 그마저도 마누라의 재간처럼 보였다.

누구슈?

남자는 말하는 것도 삐딱했다.

저 방에 세 든 사람을 찾아왔는데요.

방에 없수?

그런 것 같은데요.

웬일이래, 매일 소죽은 귀신처럼 방에만 틀

어박혀 있더니. 기다리던가 말던가 알아서 하
슈.

　문을 닫으려는 남자를 윤오가 불러 세웠다.

　저 방에 세 든 사람이 서보나가 맞나요?

　난 이름은 잘 모르우. 근데 댁은 누구슈?

　함 선생이라고 하면 알겁니다. 다녀갔다고
좀 전해주시겠습니까?

　알았수.

　그리고 남자는 들어가 버렸다. 돌아서는 등
뒤로 선생 좋아하네, 어디서 붙어먹던 놈이 쫓
아와가지고는, 하는 비아냥이 고스란히 묻어
났다.

　윤오는 돌아갈지 기다릴지 두 마음 사이에
서 잠시 갈등했다. 누구라고 괜히 말했나 싶은
게 마음이 복잡했다. 사는 곳만 알아도 아무
것도 모를 때와는 비교도 안 되게 마음이 놓였
다. 그런데 집이 좀 걸렸다. 컨테이너하우스로
여름엔 덥고 겨울엔 추울 것 같았다. 주위에

나뒹구는 나뭇가지며 빙수껍데기 같은 것들이 더 으스스함을 자아냈다. 해가 지고 있어 스산함은 더했다.

그때 대문소리가 나며 보나가 들어왔다. 시장을 다녀오는지 쇼핑봉투를 들고 있었다. 윤오를 보고 조금 놀라는 듯 했으나 냉대하지는 않았다.

이렇게 빨리 올 줄은 몰랐네요. 헌정이에게 알리지 말라고 하면 이상해 할까봐 그런 말도 못하고 조만간 전화는 한 번 오겠구나 했는데.

보나의 놀란 얼굴이 금세 누그러지며 태연하게 윤오를 맞았다.

그렇게 연락도 없이 사라지면 어떡해요?

윤오의 목소리에 원망이 잔뜩 묻어났다.

잠깐 들어오세요. 여기까지 왔는데.

그녀가 안으로 들어갔다. 됐다고 말하고 싶었으나 차마 그 말이 나오지 않았다.

안으로 들어서자 한 사람이 겨우 서서 움직

일 수 있는 부엌이 나오고 안쪽으로 방이 연결되어 있었다. 외관의 어수선함과는 달리 방은 깔끔했다.

잠시만 계세요. 커피 가지고 올게요.

보나가 웃옷을 벗어 걸고 방을 나갔다. 그녀의 민소매 팔이 형광등 불빛 아래서 하얗게 빛났다.

윤오는 방안을 훑었다. 옷장은 없고 시트지를 바른 박스를 층층이 쌓아 서랍장을 대신했다. 한 쪽 구석엔 간이 탁자를 놓아 책을 볼 수 있도록 해놓았는데 볼펜이며 책이며 그러그러한 집기들이 놓여져 있었다. 그 중 유독 사진 한 장이 눈에 들어왔다. 다가가서 보니 성가대 엠티 때 찍은 사진을 컴퓨터 프린터기로 인쇄한 것이었다. 단톡방에서 윤오도 봤었다. 밥 먹는 장면인데 다두 신부가 정면으로 클로즈업 되어있고 그 주변에 윤오와 보나와 대원들이 간헐적으로 박혀 있었다. 순간 이상한 기운이 느껴졌으나 보나가 들어오는 바람에 사진을 놓고 보나를 맞았다.

요샌 이놈의 핸폰 땜에 사진이 다 이 모양이에요. 사진관에서 빼야 제 맛인데.

윤오가 사진을 가리키며 무심한 듯 말했다.

아, 그 사진. 그땐 참 재밌었는데.

보나가 커피와 과일이 담긴 쟁반을 내려놓으며 먼 과거의 일처럼 말했다.

커피가 왜 한 잔이에요?

윤오는 의아해서 물었다. 보나는 커피를 좋아했다.

잠이 잘 안와서요.

그땐 보나가 커피를 마시지 않는 이유가 다른 데 있었다는 걸 알 턱이 없었다.

근데 정말 무슨 일이에요? 이렇게 갑자기 말도 없이 사라져버리면 남은 사람들이 걱정할 거란 생각 안했어요? 사람이 어쩜 그래요?

윤오의 목소리가 커졌다. 이런 얘기는 더 크

게 해야 진심이 전달된다.

걱정을 끼쳤다면 미안해요.

나 때문인가요? 내가 귀찮게 해서?

그런 거 아니에요.

그럼 대체 왜요? 잘 다니던 직장까지 그만두면서, 왜요?

그냥 좀 옮겨 앉고 싶었을 뿐 별일 아니에요.

보나에게서 원하는 말은 나오지 않을 것 같았다. 그렇다면 이쯤에서 접는 게 좋았다. 계속 추궁하다가는 분위기가 험악해질 수도 있겠다 싶었다. 정말로 무슨 일이 있었다면 지금 여기서 자백을 받아내듯 듣지 않아도 자연스레 불거져 나올 것이었다. 지금은 행방을 알아낸 것만으로 만족하자, 그렇게 맘먹었다.

늦었는데 가봐야 하지 않아요?

보나가 진심 걱정스런 낯빛으로 말했다.

내일이 일요일인데요 뭐. 차 끊기면 자고 가

죠 뭐.

농담처럼 말했지만 진심이었다.

못 재워드릴 것도 없죠. 근데 어쩌죠? 요샌 심야고속이 널럴해서 차 못 탈 일은 없을 것 같은데.

그녀도 가볍게 받았다.

혹시 술 없어요? 술 한 잔 했으면 좋겠는데.

윤오는 이 방을 나가기가 싫어 자꾸만 미적 거렸다. 재워준다는 말이 농담인 줄 알면서도 괜한 기대감이 생겼다. 커피 잔이 비자 이 방에 더 남아있을 구실이 없었다. 맨 정신으로 앉아있기도 거북했다.

술요? 글쎄요. 전에 먹다 남은 게 좀 있으려나?

보나가 부엌으로 가더니 냉장고를 뒤져 소주병을 들고 왔다.

마침 있네요. 잠 안 올 때 먹으려고 사다놓은 게 있었어요. 근데 안주가….

안주는 됐어요. 여기 과일 먹으면 돼요.

보나가 다시 부엌으로 가서 열무김치를 가져오는 동안 윤오는 벌써 한 잔을 비웠다. 한 잔 두 잔 술이 들어가자 서서히 취기가 오르면서 문득 서글퍼졌다. 보나를 포기 못하는 미련함과 그동안 찾아 헤매며 애태웠던 고단함이 얽혀들면서 윤오는 그녀를 괴롭히고 싶어졌다.

보나씨, 나 좀 봐주면 안 돼요?

윤오는 술기운을 빌려 다시 한 번 용기를 내보았다.

저는 함 선생님과 맞지 않아요.

뭐가 안 맞는데요?

전 부모님이 계시지 않아요. 그리고 대학도 못나왔어요.

그게 이유니까?

그런 게 이유라면 말도 되지 않았다. 윤오는 그녀의 동생이 창녀라는 것까지 알고 있다. 성서 모임에서 그녀가 말했기 때문에 윤오가 알고 있다는 걸 그녀도 알고 있다. 남동생의 자살까지도.

윤오가 물러날 것 같지 않자 그녀가 다시 쐐기를 박듯 말했다.

저는 함 선생님을 사랑하지 않아요.

알고 있습니다. 저 혼자 시작한 거니까요. 그래서 거절만 하지 말아달라 부탁한 거 아닙니까?

저 한 번만 믿어봐 주세요.

……

저 그런대로 괜찮은 놈입니다.

그녀의 마음 한 자락을 얻기 위해 이런 말까지 하게 될 줄은 몰랐다. 사랑을 고백하는 건 참으로 구차한 일이었다. 그러나 구차함을 무릅쓰고라도 얻고 싶은 게 사랑인 걸 어쩌겠는가?

선생님이 싫어서도 믿지 못해서도 아니에

요.

그럼 왜요?

저… 사랑하는 사람이 있어요.

……

그때 왜 그랬을까? 그녀의 그 말끝에 사랑하는 사람이 누구냐고, 그런 사람이 있으면 내 앞에 한 번 데려와 보라고 말했어야 했는데 아무 말도 못 했다. 그녀의 말이 정말처럼 들렸기 때문이었다. 그게 누구냐고 묻는 순간 그녀의 입에서 그 이름이 바로 튀어나올 것만 같았다. 윤오는 듣고 싶지 않았다. 그녀가 윤오를 사랑하지 않는 것까진 참겠는데 그녀의 입술에 다른 남자의 이름이 묻어나는 건 견딜 수 없을 것 같았다. 윤오는 아직 지키고 싶은 게 많은 사람이었다.

윤오는 술기운을 핑계 삼아 방바닥에 자꾸만 머리를 박았다. 보다 못한 보나가 정신 차리라며 바로 잡아 세웠다. 그녀의 몸이 느껴지자 더 참을 수가 없었다. 윤오는 그녀의 가슴에 얼굴을 묻었다. 그리고 흐느꼈다. 아주 서럽게.

그녀가 가만히 보듬어 주었다. 한참을 그렇게 있다가 윤오는 그녀의 가슴에서 떨어져 나왔다.

미안해요, 정말.

윤오는 고개를 들지 못했다.

죄송해요. 제가 함 선생님께 해드릴 수 있는 게 없네요.

그녀는 한결같았다. 이건 안 되는 거구나. 기를 쓰고 용을 써도 안 되는 거구나…….

윤오는 벗어놓았던 웃옷을 집어 들고 천천히 방을 빠져나왔다. 그리고 어둠이 장악해버린 골목길을 휘청거리며 걸어갔다.

# 10

보나를 찾았다며?

성가대 회합을 마치고 나오는 윤오에게 현수가 다가와 물었다.

으응.

근데 왜 그렇게 기운이 하나도 없어?

뭐, 그냥.

그동안 보나 찾느라 맘고생이 심했구나.

고생은 무슨.

나한텐 털어놔도 괜찮아. 보나 좋아하는 거 성가대원이 다 아는데.

알고 있었니?

누굴 바보로 아나? 그러고도 니가 베프냐?

넌 보나 소식 어떻게 알았어? 헌정이?

그래.

근데 말야. 보나가 무슨 일인지 너한테는 자기 있는 데를 말하지 말아달라고 부탁하더라.

왜지? 알면 어때서.

그랬다. 무슨 영문인지는 몰라도 다두 신부님껜 제가 있는 곳을 말씀드리지 말았으면 좋겠어요, 라고 간곡하게 말했다. 부탁 때문이기도 했지만 그 부탁이 아니더라도 윤오는 왠지 입이 떨어지지가 않았다. 보나가 그런 얘기를 할 때 문득 이상한 생각이 기습해서였다. 보나의 무슨 일이 헌수와 관련된 것일지도 모르겠다는 생각.

이곳을 떠난 이유가 뭐래?

윤오가 묻고 싶은 걸 헌수가 먼저 물었다.

몰라. 넌 뭐 짚히는 거 없어?

글쎄.

나 참.

윤오가 모르는 걸 헌수가 알 리 없었다.

나 간다.

헌수를 두고 윤오는 성당을 빠져나왔다.

# 11

헌수는 윤오 앞에서 아닌 척 모르는 척 했지
만 보나가 이곳을 떠난 게 왠지 그날 밤 때문
이라는 생각이 꼬리를 물고 놓지 않았다. 처음
엔 아니라고, 절대로 아닐 거라고 부인도 해보
았지만 그러면 그럴수록 생각의 늪은 자꾸만
더 깊은 곳으로 빠져 들어갔다.

그날 밤, 헌수는 자정이 넘도록 인근의 포
장마차에 있었다. 야학 수업을 하고 오는 길이
었다. 작년에 정부의 지원이 끊기더니 올해는
야학 자체 운영위원들마저 손을 놓겠다고 해
서 그 일을 의논하느라 동료 교사들과 이미 전

작을 한 상태였다. 헌수는 혼자 술을 마시다가 무료해져서 윤오를 불러낼 작정이었다. 그때 옆자리 취객의 핸드폰이 눈에 띄었다. 헌수는 취한 상태라 생각 없이 덜컥 남의 핸드폰을 집어 들었다. 그때 어떤 새끼야, 어떤 새끼가 남의 핸드폰을 도적질 해, 하는 소리와 턱주가리로 주먹이 한 대 날아들었다. 헌수는 끽 소리도 못하고 그 자리에서 나가떨어졌다. 몇 번의 발길질이 더 있었고, 헌수는 저항 한 번 못해본 채 포장마차를 빠져나왔다.

헌수는 윤오의 집을 향해 휘적휘적 걸었다. 가서 끌어내든 퍼지르든 할 작정이었다. 걸음을 옮겨놓을 때마다 구타당한 사지가 욱신욱신 저려왔으나 개의치 않았다. 한참을 그렇게 걷다가 헌수는 윤오의 원룸 앞에 와서 고꾸라졌다. 거기서 기억이 끊겼다.

아침에 눈을 떠보니 아주 엉뚱한 곳에 와 있었다. 박스로 만들어진 서랍장, 행거에 걸린 옷가지들, 탁자, 그리고 은은한 향기…. 낯이 익었다. 보나의 방이었다. 헌수는 왜 이곳에 와 있는지 알 수가 없었다. 지난 밤, 야학이 문을 닫느냐 마느냐 동료들과 열띤 논쟁을 한 후, 착잡한 마음으로 포장마차에서 술을 마시다가 어떤 잡놈들에게 턱주가리를 되게 얻어맞은 것까지는 생각이 나는데 그 다음부터가 오리무중이었다. 경위를 물어보려고 해도 보나는 나가고 없었다. 헌수는 황급히 옷을 껴입었다. 그리고 방을 나오려다가 베개 옆에 놓인 메모지를 보았다. 그 쪽지에는 주방에 북엇국을 끓여놓았으니 먹고 가라는 따위뿐 정작 궁금한 다른 얘기는 없었다.

헌수는 도망치듯 보나의 집을 빠져나왔다. 그리고 성당을 향해 뒤도 돌아보지 않고 뛰었다. 어찌나 혼이 나갔는지 성당에 도착하니 등골에 땀이 다 촉촉이 배어 있었다.

그랬다. 그런데 그녀가 사라졌다. 그날 밤 마치 무슨 일이 있었던 것처럼.

헌수는 그녀가 퇴근한 후에 지난밤의 일을 사과하고 내막을 알아보기 위해 다시 그녀의 집 동네로 갔다. 그리고 제가 왜 보나씨 방에서 잤습니까? 라고 물었다. 그녀는 흔히 묻듯 정말 아무 생각도 안 나세요? 라고 되물었다. 헌수가 아무 생각도 안 납니다. 라고 하자, 보나는 별일 아니었어요. 신부님이 저희 집 현관 앞에 쓰러져 계시길래 모셔다가 재워드린 것뿐이에요, 라고 태연하게 대답했다. 그랬다니 그런 줄 알아야지 더 이상 캐물을 수도 없었다. 그래서 그 일은 그렇게 덮었다.

그 일 후에도 보나는 한동안 아무 일도 없었던 듯 성당에 나왔고 공장도 다녔다. 사람들과도 잘 지냈다. 보나는 남들이 힘들어하는 공장 일도 나름 신념을 갖고 잘 해나갔고 얼마 전에는 노동자 모임까지 만들어 시도 읽고 독서 토

론도 한다며 사뭇 상기되어 있었다. 그런데 한 달 여가 지나면서부터 보나가 성당엘 나오지 않았다. 그녀에게도 그녀만의 사생활이 있을 터, 이곳을 떠야 될 개인적인 이유가 있을 수도 있다고 생각했으나 헌수는 왠지 그날 밤에서 벗어날 수가 없었다.

헌수는 그녀를 다시 한 번 만나야겠다고 생각했다. 윤오가 알려준 대로 찾아간 곳엔 거짓말처럼 그녀가 있었다. 마당에선 강아지 한 마리가 앙칼지게 짖어댔다.

이런 번거로운 일이 생길까봐 말하지 말라고 했던 건데.

보나는 시큰둥했다.

제가 온 게 하나도 안 반가운가 보죠?

헌수는 내심 서운했으나 환대를 받고자 온 게 아니니 지금은 푸대접의 요인을 알아내는 게 더 중요했다.

개 짖는 소리에 안채에서 주인 남자가 나왔

다. 헌수를 보고 얄밉게 짖어대던 강아지가 주인을 보더니 한달음에 달려가 그의 슬리퍼 발을 비굴할 정도로 빨아댔다. 남자는 성가신 듯 강아지의 복부를 세게 한 대 걷어찼다. 강아지가 캥 소리를 내며 계단 아래로 굴렀다. 그러나 곧 중심을 잡고 다시 주인에게로 한달음에 기어 올라갔다.

밖이 왜 이리 소란스러워요?

그는 보나를 찾아오는 남자들이 못마땅하다는 투였다.

죄송합니다. 곧 갈 겁니다.

헌수와 보나가 어물거리고 있자 주인 남자는 현관문을 홱 닫으며 들어가버렸다. 그런 그의 등 뒤로 젊음에 대한 시샘이 잔뜩 묻어났다.

미안합니다. 괜히 나 때문에…….

개가 짖어서 안 되겠어요. 잠깐 들어오세요.

보나가 문을 열고 헌수가 들어갈 수 있도록 한쪽으로 비켜서주었다.

전 운이 좋네요. 번번이 보나씨 방에 들어와보고.

왜 오셨는지 짐작은 가지만 헛걸음 하셨어요. 전 얘기 다 했어요. 더 할 얘기 없어요.

보나가 먼저 잘라 말했다.

차도 한 잔 안주고 몰아낼 생각부터 하니 섭섭한데요.

아무리 그러셔도 전 더 할 얘기 없어요.

보나는 단호했다.

그럼 이사는 왜 했는지 그거나 알려줘요. 듣고 돌아갈 테니.

개인적인 일이에요. 말할 이유 없어요.

난 진실을 알아야 해요. 말해줘요.

진실 같은 건 없어요.

줄다리기가 팽팽해 얘기는 더 이상 진전되지 않았다. 진실을 알려고 여기까지 온 헌수의 수고는 허사로 돌아가는 듯 했다. 그러나 헌수는 말할 때 언뜻 언뜻 흔들리는 보나의 눈빛을 보았다. 헌수는 포기하지 않았다.

제발 얘기해줘요. 그날 밤 무슨 일이 있었는지 알아야 해요.

헌수는 자꾸만 보나에게서 자백을 받아내려 하고 있었다. 마치 그날 밤 무슨 일이 있었기를 바라는 사람처럼. 그 일을 빌미로 사랑에 빠지고 싶은 사람처럼.

신부님은 자꾸만 무슨 일 무슨 일 그러시는데 만일 정말 무슨 일이 있었다면 어쩔 생각이에요?

보나는 말해놓고 아차 했다. 끝까지 한 틈의 여지도 주면 안 되었다. 그날 밤 일은 보나 혼자 저지른 일이기 때문이었다.

그날 밤, 보나는 현관 앞에 쓰러져 있는 다두 신부를 보는 순간 가슴이 내려앉으며 머릿속이 하얘졌다. 처음엔 한 가지 생각뿐이었다.

다두 신부가 보나를 찾아왔던 것에 대해 부끄러움과 수치심을 느끼지 않게 하기 위해서는 지금 돌려보내야 한다는 생각. 보나는 그의 사제 생활에 오점을 남기게 하고 싶지 않았다. 그러나 너무 취해 돌려보내는 건 불가능해보였다. 윤오를 부를까도 생각했으나 왠지 긁어 부스럼 같았다. 그래서 방으로 끌어들였다. 편한 잠자리를 위해 외투와 양말도 벗겨주었다. 그때 그가 보나를 안았다. 보나가 미동이 없자 제풀에 나가떨어졌다. 그는 너무 취해 여자를 감당할 수 없는 것처럼 보이기도 했고 만취해 정신을 놓은 그 순간에도 자신이 사제라는 사실에 본능적으로 얽혀드는 것 같기도 했다. 그래서 보나가 안았다. 다두 신부는 정신을 놓은 사람이라고는 믿기지 않을 만큼 절박감에 미세하게 몸을 떨었다. 그 떨림은 보나에게도 고스란히 전해져 용기를 더욱 부추겼다. 벌은 내가 다 받을 것이다. 그 순간 다른 열락이 찾아들었다. 보나는 여기서 인생이 끝나버려도 좋다고 생각했다.

정말 무슨 일이 있었다면 어쩔 생각이냐고요?

보나는 내뱉은 김에 재차 되물었다.

정 말 무 슨 일 있 었 나 요?

제가 만일이라고 했잖아요?

......

거봐요. 대답 못하잖아요. 그러면서 뭐가 알고 싶다는 거예요? 왔으니 점심이나 드시고 가세요.

보나가 방을 나가버렸다.

헌수는 착잡했다. 그녀가 거짓말을 하고 있다는 게 너무나 명백한데도 어쩔 도리가 없었다. 그녀 말대로 정말 무슨 일이 있었다면 어쩔 것인가. 사제복을 벗기라도 할 것인가. 그건 아니지 않은가. 그냥 돌아가자. 가서 하느님 사업에만 전념하자. 그녀도 묻어두고 싶어

하지 않는가.

헌수는 이 방을 나가야겠다고 생각했다. 그런데 그때 어떤 책 한 권이 눈에 들어왔다. 임신과 육아에 관련된 책이었다. 순간 등골로 얼음 조각 하나가 굴러들어온 듯 오싹했다. 물론 이 책이 헌수와 관련된 것이라는 확증을 내리려면 보나의 증언이 있어야겠지만 헌수는 왠지 그 물음 자체가 무의미하게 느껴질 정도로 어떤 확신에 휩싸였다. 조금 전 하느님 사업 운운하며 현실을 무마하려 했던 게 얼마나 염치없는 짓이었든가 싶자 머리를 쥐어뜯고 싶었다.

헌수는 책꽂이에서 책을 꺼내보았다. 형광펜으로 밑줄까지 그어가며 본 흔적이 역력했다. 그때 보나가 밥상을 들고 들어왔다. 보나는 못 볼 걸 본 사람처럼 맥을 탁 놓더니 밥상을 떨어트렸다. 갓 퍼 담은 떡만두가 허연 김을 내며 사방으로 흩어졌다.

어머, 죄송해요.

보나가 엎드려 엎질러진 국물을 수습했다. 헌수도 덩달아 같이 치웠다.

바닥이 어느 정도 정돈이 되고나서 헌수는 보나의 코밑에 책을 들이대며 따지듯 물었다.

이래도 날 속일 건가요?

이게 뭐요?

날 더 이상 바보로 만들지 말아요.

제가 임신이라도 했다는 얘긴가요? 아니, 신부님의 아이라도 가졌다는 얘긴가요?

아닌가요 그럼?

아니에요.

정말 아니에요?

돌아가세요. 제가 아이를 가졌건 아니건 신부님과는 아무 상관없어요.

헌수는 상관이 있는데 그녀는 상관이 없다고 한다. 그녀의 말처럼 정말 상관이 없었으면 좋겠다. 여기서 도망쳐서 아무 일도 없었던 것처럼, 그냥 한바탕 꿈을 꾸고 난 것처럼 다시 일상으로 돌아갔으면 좋겠다. 헌수는 그래도 되는 객관적 정황도 있었다. 헌수는 인사불성이었고 그녀는 말짱했다. 행여 헌수가 무슨 짓을 저지르려 했든 그녀가 이성으로 제압하려면 얼마든지 그럴 수 있었다. 그런데 그녀는 그러지 않았다. 그렇다면 이건 헌수 잘못이 아니다.

그러나 이제 와서 잘잘못을 따지는 게 무슨 의미가 있는가. 일은 벌어졌고, 헌수는 신부였다.

## 12

 

보나의 집을 다녀온 후부터 헌수는 서성거
리는 날이 많아졌다. 걷다가 기둥에 머리를 박
기도 했으며 운전을 하다가 오토바이와 충돌
할 뻔하기도 했다. 밥 먹는 일이 고역이었으며
미사 시간이 어떻게 지나가버리는지 모르게
가버렸다.

헌수는 결국 휴가를 신청했다. 느닷없는 휴
가에 주임신부가 좀 놀라는 듯 했으나 그는 이
유를 묻지 않고 휴가를 내주었다. 헌수는 자신
을 믿고 존중해주는 주임신부가 무조건 고마
웠다. 언감생심이겠으나, 나이가 들어서까지

신부를 하고 있다면 그 분을 닮아야겠다 생각
했다.

헌수는 자동차를 몰고 무작정 길을 나섰다.
갈 곳이 정해진 게 아니어서 빨리 달릴 이유도
그곳이 어디든 상관없었다. 달리다가 배가 고
프면 먹고 자고 싶으면 자동차 안에서 자면 그
뿐이었다. 그러나 한 가지 목표는 있었다. 돌
아올 땐 갈 곳을 정하는 것이었다. 전에도 가
끔 한 번씩 목적지 없는 여행을 하곤 했다. 머
리를 비우고 자연을 벗 삼아 헤집다 오면 정리
되지 않던 것들이 자리를 찾아 있곤 했다.

헌수는 잡고 있던 줄을 놓아야 한다고 생각
했다. 무엇을 위한 사제직인가. 자신을 속이면
서까지 입고 있는 사제복이 무슨 의미가 있는
가. 당장은 모른 척 살아갈 수 있지만 세월이
흘러서까지 진실이 은폐될 수는 없었다. 지금
옷을 벗는다면 죄는 자신에게만 묻겠지만 그
때 가서 신부가 아이 아버지였다는 게 밝혀지

면 죄는 모든 신부들에게 돌아갈 것이다.

헌수는 자동차를 돌렸다. 명백한 결정이 시간이 더 흐른다고 바뀔 리가 없었다. 헌수는 이미 길을 나서기 전부터 어떤 결정을 내리고 있었다. 마음을 정하고 나니 그제서야 산이 보이고 강이 보이고 집이 보이고 사람이 보였다. 휴- 사물을 식별하지 못한 채 살아간다면. 헌수는 어느 조용한 농가 앞에 차를 세웠다. 아이들 몇이 뜰에 나와 흙장난을 하고 있고 굴뚝에선 연기가 피어오르고 있었다. 헌수는 문득 저들 속으로 들어가 따뜻하게 김이 오르는 밥을 한 보시기 받아먹고 싶었다. 그러나 헌수에겐 저들처럼 살 수 없는 깊은 고뇌의 뿌리가 자리 잡고 있었다.


송 신부, 자네 나 좀 보지.

휴가에서 돌아오는데 주임신부가 불렀다.

자네 공부 좀 더해 볼 생각 없나?

공부요?

그래, 유학 말일세. 자네가 휴가 간 사이 교
구청에서 연락이 왔네. 다음 유학생 선발 명단
에 자네가 들어있다고. 듣자니 신학교 성적도
우수하고 강론대회에서 일등한 경력도 있더
군. 그 재능을 높이 산 모양이야.

헌수는 다시 벼랑 끝으로 내몰리는 기분이
었다. 유학 얘기는 이제 막 고약을 발라 아물
기를 바라는 상처에 소금을 뿌리는 거와 같았
다.

아마 로마로 가게 될 걸세.

눈앞에 갑자기 이국적 흥취가 활짝 펼쳐졌
다. 회색빛 겨울, 역사적 고딕 양식, 주교좌 성
당… 로마는 꿈이자 이상이었다. 그 꿈이 지금
눈앞에서 현실로 다가오고 있었다. 헌수는 조
금 전에 내린 어떤 결정도 잊은 채 로마에 대
한 갈망에 사로잡혔다.

학비는 교구청에서 전액 부담하니까 자넨

공부만 열심히 하면 돼. 공부를 마치고 오면 보상도 톡톡히 있을 걸세. 교수로 채용이 될 거니까. 그땐 좀 다른 삶을 살게 되겠지.

헌수는 귀를 막고 싶었다. 로마, 유학, 교수. 그쯤 되면 아버지에 대한 마음의 짐도 어느 정도는 내려놓을 수 있을 것 같았다. 그러나 헌수는 이미 사제가 아니었다. 그 사실을 빨리 인정하고 받아들여야 한다.

유학은 지금으로선……

헌수는 말을 잇지 못했다. 마음 한 귀퉁이 질긴 집착이 아직 그 끈을 완전히 놓지 못하고 있었다.

당장 대답하라는 건 아냐. 생각할 시간이 필요하겠지. 허나 내가 볼 땐 더없이 좋은 기회야.

주임신부가 일어났다.

참, 휴가는 잘 다녀왔나?

네? 네.

뭘 그리 놀라나? 자네가 요즘 뭣 때문에 힘들어하는지는 모르겠네만 위기를 기회로 삼는 것도 좋겠지.

그리고 주임신부는 방으로 들어갔다. 주임신부는 최근의 헌수의 심경변화를 읽고 있었다. 유학 건도 어쩌면 흔들리는 마음을 잡아주려는 배려로 읽혔다. 헌수는 주임신부가 자상한 큰 형님처럼 느껴져 모든 걸 털어놓고 싶은 심경에 사로잡혔다. 여자와 밤을 보냈다고 하면 어떤 얼굴을 할까? 아이까지 생겼다면? 그래서 옷을 벗겠다고 하면 어떤 식으로 위기를 대처하게 할까? 궁금했지만 끝내 그 용기는 내지 못했다.

# 13

　윤오가 퇴근해서 늦은 저녁을 먹고 있는데 헌수에게서 전화가 왔다. 안 그래도 며칠 좀 소원했다 싶어 밥 먹고 전화를 할 참이었다. 저녁 메뉴는 버섯과 피망을 넣어서 볶은 버섯 볶음밥이었다. 유튜브에서 본 대로 따라해 보니 그런대로 먹을 만했다. 헌수를 만나 아예 술로 저녁을 때울까도 했으나 빨래를 해야 해서 우선 밥을 먹었다. 오늘은 무슨 일이 있어도 세탁기를 돌려야 했다. 양말이란 양말은 죄다 빨래 통에 들어가 있어 출근할 때 신을 게 없었다. 빨래 통을 뒤적거려 신었던 걸 또 신고 출근하는 찝찝함이란.

윤오는 가정을 갖고 싶었다. 양말 고민에서 벗어나고 싶어서기도 했지만 까짓 양말쯤이야 누가 빨아도 상관없었다. 단지 윤오가 만들어놓은 울타리 안에서 알콩달콩 살아줄 수 있는 여자면 족했다. 그게 보나였음 했다. 그런데 그녀만 생각하면 또 가슴 한 가운데가 답답해졌다. 사실 보나는 부모가 썩 내켜할 상대는 아니었다. 자식에 대한 이기심으로 강한 반대에 부딪힐 지도 몰랐다. 그러나 지금은 부모의 반대를 걱정할 때가 아니었다. 윤오는 여자를 놓고 사랑 말고 다른 걸 꿈꾸지 않는다는 게 신통하면서도 기특했다. 보나가 그렇게 만들어 놓았다.

윤오는 세탁기 작동 버튼을 눌러 놓고 파라다이스로 갔다. 빨래가 되기를 기다렸다가 널고 가기엔 마음이 너무 급했다.

주점엔 헌수가 벌써 와서 달랑 열무김치 하

나만 놓고 소주를 마시고 있었다. 윤오가 들어
가자 주인여자가 두부찌개와 잔 하나를 더 가
지고 와서 테이블에 놓고 갔다.

뭐하느라 이렇게 늦어. 부르면 빨랑빨랑 나
와야지.

헌수가 윤오의 잔에 소주를 따르며 투덜거
렸다.

빨래 좀 하느라고.

빨래?

그래, 빨래.

너도 별 수 없구나.

나라고 별 수 있냐?

헌수는 더 이상 대꾸 없이 술만 마셨다.

무슨 일 있니? 오늘따라 삐딱해서는?

일은 무슨.

하기야, 신부가 일이 있을 게 뭐 있다고.

윤오는 그 때까지 헌수에게 일어난 그 엄청
난 일에 대해 새까맣게 모르고 있었다. 그날

어쩌면 헌수가 모든 걸 털어놓고 싶어서 만나자고 했었는지도 모르겠다는 생각을 나중에 했다. 윤오가 너무 눈치 없이 굴자 말할 엄두를 못 냈던 것이다. 여자와 자서 아이 아버지가 되는 것도 기가 막힌데 상대는 보나였다.

윤오야, 너도 내 강론 듣지?

듣지 그럼.

헌수는 강론을 꽤 잘하는 신부였다. 윤오는 강론 시간에 대부분 삼천포로 빠지는데 헌수는 끝까지 집중력을 잃지 않게 하는 힘이 있었다. 헌수의 강론이 좋아 일부러 헌수의 미사에만 온다는 신자도 있었다.

내가 강론 준비하면서 제일 갈등하는 게 뭔지 아니?

뭔데?

나를 포장해야 하는 거. 나 사실 나쁜 놈이거든.

알긴 아는구나.

옛날에 어느 신학자가 있었어. 그가 사랑에 관한 책을 썼대. 그 책이 너무 완벽해서 세간에 사랑 교과서처럼 읽혔나봐. 그런데 어느 날 그 책을 쓴 젊은 신학자가 사랑에 대해 깊은 회의에 빠졌어. 그래서 조언을 구하고자 어느 덕망 높은 노신부를 찾아갔지. 그랬더니 그 노신부가 책 한 권을 내밀며 읽어보라고 주더래. 사랑에 관한 모든 해답이 다 이 책에 들어있다고 하면서. 그런데 그 젊은 신학자가 보니 그 책이 자기가 쓴 책이더래. 우습지 않니?

그 사람도 인간이었던 게지. 삶이 뭐니? 곧 생활이야. 그런데 우리 생활이라는 게 뻔하잖아. 밥 먹고, 똥 누고, 잠자고, 섹스하고. 그리고 나머지 시간은 앞의 것들을 위한 노동으로 바쳐지지. 그게 다야. 뭘 기대해?

난 그런 인간의 한계가 싫다.

싫어도 인정해야지. 아, 신은 그렇게만 사는 게 단조로울까봐 형이상학적인 소외를 던져주

긴 했구나. 질병과 우환, 실패와 좌절 같은.

그러니까 인간적인 게 좋다 이건가?

좋다기보다는 인간인 이상 어쩔 수 없는 게
있다는 거지.

윤오야. 만일에, 만일에 말야. 내가 여자와
관계를 가져서 애까지 배게 했다면 어쩔래?

니가? 니놈이? 그런 말 마. 넌 인간이 만들
어놓은 함정에 그렇게 쉽게 빠질 놈이 아냐.

그게 진심이었다 해도 그 말끝에 이런 말
까지는 하지 말 걸 그랬다. 헌수 너의 말이 다
소 거칠고 괴팍하긴 해도 무게 중심은 너무도
올곧아 절대로 선을 넘지는 않을 거라고, 너
는 누더기를 걸치고 있다 해도 디오게네스처
럼 늘 당당할 것이며 가진 걸 다 잃는다 해도
욥처럼 하느님을 찬양할 거라고, 너는 정말 좋
은 사제가 될 거라고. 윤오의 이런 격한 신뢰
때문에 헌수는 그만 입을 닫아버린 걸지도 몰
랐다. 신부도 인간인데 여자를 사랑할 수 있다

고, 설령 우발적으로 여자와 관계를 가졌다고
한들 평생의 고독에 비하면 먼지만한 위안도
안 되는 거 그냥 넘어가 준다고, 그렇게 말했
더라면 어쩌면 헌수는 그 비밀에 대해 털어놓
지 않았을까?

그날 헌수와의 기억은 거기까지였다. 그리
고 다음 날 새벽, 헌수가 사라졌다. 그의 증발
이 계획된 것이었는지, 아니면 충동적인 것이
었는지는 알 수 없다. 헌수가 사제의 길을 가
느냐 마느냐, 일생일대의 중차대한 일을 놓고
괴로워하는 동안 윤오는 집에 가서 빨래 널 걱
정만 하고 있었다.

# 14

 윤오와 헤어져 사제관으로 돌아오니 새벽
두 시가 지나 있었다. 술은 파라다이스에서 포
장마차로 이어졌지만 정신은 더 또렷해지기
만 할 뿐 취하지가 않았다. 이제 이 사제관은
헌수가 있어야 할 곳이 아니었다. 이곳은 몸과
마음이 깨끗한 자만이 머무를 수 있었다.

 한 번 마음이 뜨자 방 안에 있는 모든 사물
들이 낯설어 보였다. 벽에 걸린 십자고상은 쳐
다보기가 더 옹색했다. 헌수는 자신을 밀어내
는 사물들의 틈바구니 속에 아주 아슬아슬하
게 떠 있었다.

헌수는 마음먹었던 것을 행동으로 옮겨야 겠다고 생각했다. 여기 이대로 있다가는 몇 시간 후에 또 꼼짝없이 새벽미사를 하러 제대에 올라야 할 판이었다. 머릿속이 먹먹해지며 미사 전례가 하나도 떠오르지 않았다. 제대에 올라 제일 먼저 해야 할 것은 무엇인지, 성찬 예식 때 하는 말씀은 무엇인지 한 마디도 떠오르지 않았다. 헌수는 한시라도 빨리 이곳을 도망쳐야 한다는 생각에 사로잡혔다.

아직 여명이 밝기도 전인 어두운 새벽, 헌수는 사제 생활 동안 함께 했던 모든 사물들과 기억들을 고스란히 방 안에 두고 몰래 사제관을 빠져나왔다.


사제관을 나왔으나 어디로 가야할 지 막막했다. 아직 보나에겐 갈 수가 없었다. 헌수가 사라진 성당은 지금쯤 난리가 났을 것이다. 헌수는 이곳저곳을 헤매다가 N시로 방향을 틀었다. 국도를 달리다가 국밥 한 그릇으로 속을 달래고 N시에 이르니 어느덧 석양이 지고 있었다.

N시엔 신학교 선배가 살고 있었다. 사제 서품식 이틀을 앞두고 갑자기 사라져 신학교를 발칵 뒤집어놓았던 선배였다. 그의 증발은 당시 큰 충격이었다. 헌수가 세상의 온갖 유혹과 싸우고 있을 때 그 선배만큼은 너무나 강건해 끝까지 이 길을 올곧게 가주리라 믿어 의심치 않았던 선배였기 때문이다. 그런데 그 선배가 사제의 길을 포기한 것이 여자 때문이었다는 걸 알고 나서 한 번은 찾아가보게 되리라는 예감을 안고 있었다.

그의 지인들을 통해 물어물어 찾아간 곳엔 작은 움막 같은 집이 한 채 있었다. 마당엔 개와 아이들이 노닐고 있고 선배는 외출했다가 돌아오고 있었다. 선배는 헌수를 보고 놀랐다. 헌수는 더 놀랐다. 말쑥하던 선배의 모습은 온

데간데없고 얼굴은 검게 그을리고 옷은 후줄근해 영락없는 막노동꾼 꼴이었다.

헌수는 휴가라고 했다. 선배는 믿지 않는 눈치였으나 캐묻지 않았다. 여자도 없었다. 이런데 여자가 있을 리 만무했다.

선배가 이 마을에 들어온 건 4년 전이라고 했다. 버려진 낡은 집을 수리해서 하나 둘 아이를 거두기 시작한 것이 지금은 일곱 명으로 불어나 있었다. 아이들이 늘어나면서 움막만으로는 좁아 노는 땅에 컨테이너로 집을 더 지었다. 선배가 집 없는 아이들을 거둔다는 소문이 돌자 갈 곳 없는 아이들이 제 발로 찾아들기도 했고, 마을을 떠나는 부모가 잠시 맡아달라며 몰래 움막 앞에 두고 가기도 했다. 식구가 늘어날 때마다 제일 큰 걱정은 먹거리였지만 신기할 정도로 그건 어떻게든 해결되었다. 땅에서 거두는 감자며 고구마며 푸성귀도 큰 양식이 되어주었지만 먹거리가 떨어질 때쯤엔 누군가 뜰 안에 쌀을 가져다놓기도 하고 떡을 해다가 주기도 해서 배는 곯지 않았다.

선배는 아이들에게 공부도 가르쳤다. 글자를 모르는 아이들에겐 한글을 가르치고 버릇이 없는 아이들에겐 어른을 공경하는 법을 일러주었다. 그리고 에디슨, 링컨, 이순신 장군에 대한 얘기도 들려주었다. 이런 입소문이 퍼져나가자 부모가 있는 아이들도 낮엔 선배의 움막에 와서 시간을 보내다가 돌아가곤 했다.

선배가 처음 이 마을에 찾아들었을 때 사람들은 모두 그를 경계하고 이방인 취급했다. 그러나 선배가 텃밭을 일구고 버려진 아이들의 든든한 울타리가 되어주자 그를 향한 의혹을 걷어냈다. 아이들이 그를 따르고 좋아하자 사람들의 인심도 돌아왔다. 마을 사람들은 먹을 것과 입을 것을 가져다주기도 하고 꼬깃한 푼돈을 쥐어주기도 했다. 선배를 흠모한 마을 처녀는 움막에 들어와 함께 수발을 들어주겠다고도 했다. 이 작은 마을은 한 낯선 이방인으로 인해 오래 된 먼지를 털어내듯 하나하나 새로워지고 있었다.

헌수는 선배가 진심으로 존경스러웠다. 그를 향해 품고 있던 연민이나 동정, 안타까움, 안쓰러운 감정들을 이곳에 있으면서 말끔하게 걷어냈다. 그는 이미 모든 경계를 허물고 있었다. 그의 누더기뿐인 삶이 우리 눈엔 하찮아 보일지 모르나 그 스스로는 이미 그 고통에서 벗어나 있었다. 헌수는 이런 삶도 하느님 사업이라고 생각했다. 비록 사제복은 입지 않았지만 선배는 진정한 하느님 일꾼으로 살고 있었다. 헌수는 작은 빛을 발견한 느낌이었다.

이제 그만 니 자리로 돌아가. 가서 무슨 일이 있어도 니 자리를 포기하진 마.

선배는 헌수의 마음을 읽기라도 한 듯 잘라 말했다.

헌수도 떠날 때가 되었다고 생각했다. 언제

까지고 더부살이로 지낼 수는 없었다. 헌수는 떠나기 전에 선배의 여자에 대해 물어보았다. 어떤 해답을 찾고 싶어서였다.

그 여자 시집갔어. 내 옆에서 내내 불행해하는 것 같아서 보내줬지. 난 신학교를 나오고 나서야 알았어. 여자와 살 수 없는 사람이란 걸. 넌 나 같은 실수 하지마라.

한 줄기 빛 앞에서 헌수는 다시 막막한 심정이 되었다.


헌수는 선배가 사는 N시를 나와 보나가 있는 K시로 향했다. 이젠 더 물러설 곳도 도망갈 곳도 없었다. 그런데 헌수가 도착했을 때 보나는 없었다. 잠시 외출한 것이 아니라 아예 떠나고 없었다. 그녀가 쓰던 방에는 그녀의 세간 대신 낯선 남자의 허접스런 소지품들이 어지럽게 널려 있었다. 강한 배신감이 들었다. 일은 함께 저질러놓고 한 마디 상의도 없이 혼자 멋대로 상황을 만들어가는 그녀가 밉다 못해 이기적이라는 생각까지 들었다. 이럴 수밖에 없는 그녀가 이해되지 않는 건 아니었지만 그래도 이건 아니었다. 헌수를 나쁜 남자로 만들어버리자고 작정하지 않은 한 이럴 수는 없었다. 그러나 이제 또 어디로 가서 그녀의 부당한 처사를 따져 묻는단 말인가.

안채를 기웃거려보았다. 무슨 빌미를 남겼을 것 같진 않았지만 그래도 지금은 무슨 말이든 들어야 발이 떨어질 것 같았다.

그때 마당 한켠에 있는 화장실에서 누가 나왔다. 그때 그 주인남자였다. 막 일을 끝내고 나오는지 허리춤을 추스르고 있었다. 얼른 다가가서 인사 했다.

일전에 왔던 양반이구먼. 그 색시 나가고 없수다.

남자는 엉겨 붙는 강아지가 귀찮은지 발로 한 번 툭 차내고는 보나가 쓰던 방 쪽으로 걸어갔다.

혹시 어디로 간다는 얘기는 없었나요?

난 모르우. 집사람이라면 모를까? 처녀가
애는 배가지고 원.

그리고는 문간방으로 쏙 들어가 버렸다. 주
거지가 안채에서 문간방으로 옮겨진 걸 보니
마누라에게 눌려 산다는 보나의 말이 맞는 것
같았다. 좋은 방의 구들장 밑이 아무리 뜨끈해
도 자유의 온기엔 비할 바가 못 될 것이다.

문간방 문이 닫히는 걸 보고 있자니 문득 심
란해졌다. 문간방 속으로 꼬리를 감추는 그 남
자의 뒷모습에 언뜻 자신의 노년의 모습이 오
버랩 되었다. 지금이라도 늦지 않다. 다시 사
제관으로 돌아가자. 그리고 유학을 떠나자. 그
러나 그럴 수 없다는 건 누구보다도 잘 알았
다. 설사 노년의 모습이 문간방 남자보다 더
추락한 꼴로 남겨진다 해도 이젠 돌아갈 수 없
었다.

안채로 가서 현관문을 두드려보았다. 지아비를 저렇게 만든 여자라면 연락처를 알아도 모른 척 문을 폴싹 닫아버릴 것 같았지만 이대로 돌아갈 수는 없었다.

잠시 후 두툼한 살집 속에 푹 파묻힌 초로의 여자가 문을 열었다. 자다가 일어났는지 배시시한 꼴이었는데 짐작보다 악처 상은 아니었다. 만일 악처가 되었다면 저 문간방 안의 무기력한 남자 때문이었을 것이다.

방 보러 왔어요?

여자는 대뜸 헌수를 방 보러 온 사람 취급하며 슬립퍼에 발을 꿰어 넣었다.

저 그게 아니라……

현관을 나서는 여자를 얼른 막아섰다. 방이 빠지길 기다리고 있었다면 헌수는 그닥 반갑지 않은 손님일 것이기 때문이다.

저 방에 살던 아가씨를 만나러 왔거든요.

그 색시 나갔어요. 모르고 왔나보네.

네. 그래서 말인데 혹 어디로 간다는 얘기는 없었나요?

없었어요. 어디 그런 얘길 잘 하는 사람이라야지.

아무 정보도 얻지 못해 막막했지만 돌아설 수밖에 없었다. 마당을 나오다가 문간방을 힐끗 쳐다보았다. 안에선 아무런 기척이 없었다.

골목길을 는적는적 걸어갔다. 그런데 그때, 골목을 막 빠져나오려 할 때 주인여자가 헐레벌떡 쫓아왔다.

저기요, 잠깐만요.

여자를 다시 보는 순간 직감적으로 뭔가 단서가 있으리란 확신을 얻었다. 헌수는 뛰는 가슴을 지그시 누르며 여자의 말을 기다렸다.

혹시 애 아빠세요?

네?

애 아빠라는 말에 깜짝 놀랐다. 헌수는 며칠 전까지 신부님으로 불리던 사람이었다.

모르고 있었어요? 그 색시 애 가진 거?

헌수가 놀라는 기색이 역력하자 여자가 되물었다.

아뇨, 알고 있었습니다. 그래서 이렇게 찾아온 겁니다.

헌수는 재빨리 태도를 바꾸었다. 애 아빠라고 해야 뭔가 나올 것 같았다. 여자는 그럼 그렇지, 하는 표정으로 느물거렸다.

무슨 사연인지는 모르겠으나 처자 있는 데를 모른 데서야 말이 되나. 척 보기에 나쁜 사람 같지는 않아서 일러주는 거예요.

헌수는 숨이 턱 막혔다.

전화번호가 있긴 하거든요.

전화번호요?

헌수의 목소리가 갑자기 커졌다. 보나의 핸드폰 번호가 바뀐 지는 벌써 오래되었다.

사실은 아직 방이 빠지질 않아 보증금을 못 돌려줬거든요. 방이 나가는 대로 연락 주기로 하고 전화번호를 적어놓은 게 있어요.

아, 그래요? 그럼 어려운 부탁이긴 하지만 보증금을 돌려줄 때 여기로 오도록 좀 해주시겠습니까? 사는 데를 안 가르쳐주거나 전화번호를 또 바꿔버리면 곤란해지거든요.

그렇긴 하지만 무슨 구실이 있어야 사람을 오라가라 하죠. 돈은 계좌로 넣으면 되는데.

무슨 이유를 대서라도 좀 부탁합니다. 꼭 만나야 하거든요.

헌수는 지갑에서 오만 원 짜리를 꺼내어 여자의 우두룩한 손아귀에 쥐어주었다. 그러자 여자의 태도가 금방 바뀌었다.

사정이 딱한 거 같은데 그 정도 부탁이야 못 들어주겠어요? 내 알아서 이쪽으로 오도록 해줄 테니 연락처나 적어줘요.

헌수는 새로 만든 핸드폰 번호를 적어주었다. 쪽지를 건네받은 여자는 대단한 건수나 올린 듯 큰 궁둥이를 넘실거리며 골목 저쪽으로 멀어져갔다.

헌수는 먼저 묵을 만한 데를 알아보기 위해 시내를 빠져나와 바닷가 근처 민박 촌으로 갔다. 비수기라 비어있는 곳이 많았다. 바닷가에서 좀 떨어진 곳에 민박을 정하고 하릴없는 일정에 몸을 맡겼다.

헌수는 바닷가에서 주로 많은 시간을 보냈다. 하루 종일 바다만 바라보다가 오는 날도 부지기수였다. 수산 시장에 가서 오징어 한 접시에 소주로 시름을 달래다가 오기도 하고, 인근의 도시를 목적 없이 헤매다가 오기도 했다. 혹여 방이 나갔는데도 연락을 안 주는 건 아닌가 싶어 보나가 살았던 그 동네도 벌써 여러 번 다녀왔다. 그래도 심심하면 대낮에도 술을 마셨고 어떤 날은 방안에 틀어박혀 몇 시간이고 담배만 피워대기도 했다. 헌수가 생각해도 참 이상한 날들이 하루하루 지나갔다. 그러나 보나의 소식을 주기로 한 여자로부터 연락은 쉬 오지 않았다.


누가 방문을 노크했다. 밤 열 시가 조금 지난 시간이었다. 헌수는 티브이를 보다가 일어나 문을 열었다. 문 앞에 여자가 있었다. 기껏해야 스물 너 댓밖에 안되어 보였다.

누구세요?

방을 잘못 찾은 거라 생각했다. 여자는 대답은 않고 다짜고짜 밀고 들어와서는 방안을 휘둘러보았다.

여기 아줌마가 보내서 왔어요.

하더니 방바닥에 철버덕 주저앉았다.

아줌마가요? 왜요?

헌수가 어리둥절해서 물었다.

이 아저씨 꼴통 아냐? 척 보면 알아먹어야지.

그제서야 뭔가 집히는 게 있었다. 민박집에 오고 사흘째던가, 바닷가 모래사장에 앉아 소주 한 병을 날로 마시고 들어오던 날, 민박집 여자가 다가와 은근슬쩍 떠보았다. 혹시 생각 있으면 얘기해요. 처음엔 그게 무슨 말인지 몰랐다. 그러다가 그게 여자를 대준다는 말이었다는 걸 알고 성난 얼굴로 도망치듯 방으로 들어왔었다. 그리고나서 이 집에 있기가 왠지 찜찜해 옮길까도 했으나 숙박료를 미리 선불로 줬던 터라 그냥저냥 눌러 있었다.

참, 제 이름은 린이에요, 린. 본명이 아닌 건 알죠?

아가씨, 그만 나가줘요. 나 그런 사람 아니에요.

에이 머 그런 사람이 따로 있나? 괜히 점잖은 척 빼지 말아요. 남자들은 다 똑같던데 뭐.

정 그러면 내가 가서 아줌마 만나고 올게요.

헌수가 나가려고 하자 린이 발목을 잡았다.

아저씨, 제발 그러지 말아요. 나 아무 짓도 안하고 얌전히 있을 게요. 그냥 오늘 밤 여기

있게만 해줘요. 부탁이에요.

헌수가 이러지도 저러지도 못하고 계속 서 있자 린이 사정조로 말했다.

제가 아줌마한테 갚아야 할 빚이 좀 있어요. 이런 식으로 조금씩 갚아나가는데 요즘 손님도 없고 제가 노는 꼴이 보기 싫은지 아저씨한테 들어가보라고 하더라구요. 아저씨한테 돈 달라고는 안 할 거예요. 아저씨를 잘 봤는지 뭐라도 해주고 싶어 저러는 것 같으니 내쫓지만 말아요.

헌수는 바닥에 털썩 주저앉았다. 사제복을 벗고 처음 맞닥뜨린 상황이 이런 거라는 게 어이가 없었지만 린을 내쫓는 것도 차마 못할 짓 같았다. 뭐 나쁠 것도 없었다. 마땅히 소일거리도 없던 차에 말벗이라도 생겼으니 잘 된 일이기도 했다. 혼자 마시는 술도 적적하고 지겹던 차였다.

나가서 술이라도 좀 사올게요.

헌수가 지갑을 챙겨 일어났다. 그제서야 린이 마음이 놓이는지 고개를 끄덕였다.

가까운 가게에서 술과 간단한 안주거리를 샀다. 주방에서 잔을 챙기는 것도 번거로울 같아서 종이컵도 샀다. 처음엔 린을 생각해 맥주만 사려 했으나 맥주만으로는 도저히 취할 것 같지 않아 소주도 샀다. 이런 날은 취해서 얼른 잠드는 게 상책이었다.

술을 사가지고 들어오는데 민박집 여자가 창문에서 내다보고 눈을 찡긋해보였다. 자기 손님을 배려한 데 대한 우쭐함과 너도 별 수 없는 사내지, 하는 비아냥이 배어 있었다.

방으로 들어오니 린이 고단한지 방바닥에 쪼그리고 누워 졸다가 푸석거리는 소리에 놀라 일어났다.

잠깐 졸았나봐요. 뭐 사왔어요?

린이 봉지를 쑤석거리더니 술과 안주를 방바닥에 꺼내어놓았다. 어디서 배웠는지 오프

너 없이 라이터로 맥주병도 가뿐하게 땄다.

아저씨, 우리 건배해요.

린이 맥주를 따라서 헌수 손에 쥐어주었다.

그래요, 건배. 근데 뭐라고 건배하지?

음, 뜨거운 밤을 위하여. 아니다 참, 아저씨와 나와의 만남을 위하여!

린은 노는 모습이 영락없이 요즘 젊은 애였다. 가까이서 보니 솜털도 다 벗겨지지 않은 보송한 얼굴이었다. 그때 엉뚱하게도 린이 보나를 닮았다는 생각을 잠깐 했다. 그러자 전에 윤오가 보나의 동생이 창녀라고 했던 말이 생각났다. 설마. 헌수는 맥주에 소주를 타서 마셨다. 린이 맥주 두 잔에 취하는지 얼굴이 발그레해지며 헤실거렸다.

아저씨, 한 번 안할래? 나 이래봬도 인기 많아.

아무래도 안 되겠어. 먼저 자도록 해요.

헌수가 한쪽에 이부자리를 펴주자 린이 기

다렸다는 듯 그 위에 벌렁 누웠다.

솔직히 아저씨도 하고 싶지? 하고 싶은데 참는 거지? 하고 싶음 해. 참지 말고, 자.

린이 배 위로 치마를 휙 걷었다. 그러자 놀랍게도 음부가 바로 드러났다. 헌수가 고개를 돌렸다. 그때, 린이 바로 치마를 내렸더라면, 그리고 잠들어버렸더라면 아무 일도 일어나지 않았을까? 헌수가 다시 고개를 돌렸을 때 린은 여전히 치마를 걷은 채로 헤실거리고 있었다. 헌수는 그런 린을 무심히 바라보았다. 그러다가 문득 해보고 싶다는 생각이 들었다. 그 안에 뭐가 있는지, 신부가 하면 정말로 큰 일이 나는지, 다른 세상이 있는지 확인해보고 싶었다.

헌수는 린에게로 다가갔다. 그리고 형광등 불빛 아래 하얗게 빛나는 허벅지 위로 가만히 손을 얹어보았다. 구름 솜을 만지는 듯 부드러웠다. 손길이 느껴지는지 린이 가늘게 떨었다.

그러더니 잠깐만요, 하고는 자리에서 일어나 욕실로 가더니 바가지에 물을 반쯤 받아서 도로 나왔다.

아저씨, 씻고 하자.

린이 물바가지를 헌수 앞에 턱 내려놓았다.

씻으라니, 뭘?

짐작은 갔으나 몹시 당황한 터라 그렇게 말이 나왔다.

아저씨 혹시 처음이야? 정말 그래?

린이 어이없다는 듯 쳐다보았다.

이 아저씨 정말인가보네. 이리 와봐. 내가 해줄게.

린이 다가와 헌수 바지의 허리띠를 풀려 했다.

아니 됐어요. 내가 할게요.

헌수는 웬일인지 하지 말라는 말이 나오지 않았다.

헌수는 허리띠를 풀고 물바가지 앞에 앉았

다. 세례를 받아야 입교가 되듯 지금은 그걸 물로 씻어야 거기로 들어갈 수 있는 모양이었다. 헌수는 바지를 벗고 엉거주춤 앉은 가랑이 사이로 물바가지를 가져다댔다. 그리고 물을 끼얹었다. 성당에서는 물을 끼얹는 행위가 그동안의 죄를 씻고 새로이 하느님 나라로 들어가고자 세례 시에 하는 의식이었다.

헌수가 하는 짓을 빤히 보고만 있던 린이 헌수가 물바가지를 내려놓자 다시 이부자리 위에 벌렁 누웠다. 그리고 치마를 다시 휙 걷었다. 헌수는 천천히 다가가서 린의 몸을 내려다보았다. 여자의 몸을 이렇게 가까이서 본 건 처음이었다. 헌수는 린의 다리를 적당히 벌리고 조금 전 물세례를 마친 성기를 거기로 밀어넣었다. 그것은 생각보다 쉽게 들어갔다. 따뜻했다. 헌수는 정신이 있을 때 이 일을 저지름으로써 끈질기게 잡고 놓지 못하는 사제에 대한 집착의 고리를 완전히 끊어버리고 싶었다.

설마 창녀와 하룻밤을 보내고도 신부로 남아 있겠다고 하지는 못할 것 아닌가. 보나와의 일은 무의식중에 벌어진 것이라 인정하고 받아들이는 게 쉽지 않았다. 언제 무슨 일이 벌어진지도 모르면서 그 일에 대한 책임을 옴팡지게 뒤집어써야 하는 건 아무리 생각해도 말도 되지 않았다. 어떤 설명이나 변명으로도 용서가 안 되는 그런 잘못을 저질러서 사제로 남을 생각 따위 꿈에서도 하지 못하게 하고 싶었다. 헌수는 쾌락의 끝까지 가 닿기 위해 린의 구멍 안으로 더 깊게깊게 들어갔다. 그런데 이상한 일이었다. 아무리 깊게 들어가도 그곳엔 열락이나 환희 같은 건 없었다. 작은 흥분 색다른 자극이 있긴 하나 평생 겁내고 두려워해야만 될 대단한 쾌락이나 다른 세상이 있는 건 아니었다. 오히려 너무 단순하고 싱거워서 죄의식도 느껴지지 않았다. 헌수는 린에게서 떨어져 나와 다시 물바가지 앞으로 갔다. 그리고 얼룩

진 성기를 씻었다. 그 짓을 물끄러미 바라보던 린이 궁금한 듯 물었다.

아저씬 뭐 하는 사람이에요?


기다리던 연락이 왔다. 헌수는 보나가 온다는 시간보다 한 시간 앞당겨 그 집 근처로 갔다. 몇 개피 째인지도 모를 담배가 연기로 소진되고 오기로 한 시간에서 십 여분이 지나자 보나가 나타났다. 헌수는 일단 먼저 그 집으로 들어가도록 내버려두었다.

보나는 금방 나왔다. 주인여자에게 무슨 얘기를 들었는지 주위를 살피는 듯하더니 왔던 길과 반대 방향으로 걸어갔다. 헌수는 쫓아가서 보나를 잡았다. 보나는 시선을 피하려고 하늘을 보았다.

어디 가서 얘기 좀 해요.

전 할 얘기 없어요.

난 있어요.

나하고는 상관없어요.

상관있습니다.

헌수는 보나의 팔을 잡아끌고 자동차를 세워 둔 공터 쪽으로 갔다.

타세요.

보나가 순순히 차에 탔다.

헌수는 시내를 빠져나와 바닷가 쪽으로 달렸다. 한적한 곳에 차를 세우고 소나무 길을 따라 걸었다.

저 사제관에서 나왔습니다.

그게 무슨 말이에요?

사제복을 벗었단 말입니다.

네?

보나가 걸음을 뚝 멈추었다.

무슨 말인지 모르겠어요? 난 이제 신부가 아니란 말입니다.

왜요? 무슨 이유로요?

그걸 지금 몰라서 그래요?

돌아가세요, 제발.

그럴 수 없어요.

지금도 늦지 않아요. 어서 돌아가세요.

정말 끝까지 이럴 겁니까? 절더러 태연하게 사제복 입고 하느님 제대 앞에서 미사를 올리라는 겁니까? 그래도 됩니까? 그럴 수 있다고 생각하세요?

신부님은 아무 잘못 없어요. 다 제가 저지른 일이에요. 그건 하느님도 알아요. 그러니 제발.

이게 잘잘못으로 해결되는 문젭니까? 차라리 사실을 인정하고 받아들입시다.

전 그럴 수 없어요. 신부님 인생을 망쳐놓고 어떻게요. 제가 없어져버릴게요. 그럼 아무 문제없어요.

이게 사라진다고 해결이 됩니까? 그러면 있었던 일이 없었던 게 되고 생긴 아기가 없어지기라도 합니까?

그럼 어쩌자구요?

저 책임 때문에 이러는 거 아닙니다. 이건 제 선택이에요.

후회하실 거예요.

상관없습니다.

대가를 치르게 될 거예요.

그럴 테지요.

15

신학기가 되면서 윤오는 다른 학교로 옮겨
앉았다. 성당을 둘러싸고 윤오와 헌수와 보나
의 청춘이 뒤죽박죽 되어버린 P시에 더 있고
싶지 않았다. 달라진 환경은 나쁜 기억을 몰아
내는데 도움이 될 것이다.

윤오는 일에 열중했다. 학교에 지각하지 않
았으며 곡을 만들어 합창반을 통해 발표도 했
다. 헌수에게서 연락은 다시 오지 않았다. 그
러나 헌정이를 통해 헌수의 소식은 간간히 들
을 수 있었다. 그동안 헌수는 아이를 낳았고
다른 동네로 이사를 했다고 했다. 이젠 헌수를

만날 수 있을 것 같았다. 보나를 보아도 흔들리지 않을 자신이 있었다. 그들을 찾아가보기로 했다. 얼추 1년 만이었다.

주말을 맞아 일찌감치 집을 나섰다. 차를 가져갈까 하다가 눈 예보가 있어 대중교통을 택했다. 헌수가 있는 S시는 유독 눈이 많아 3월 말인데도 눈 소식을 전했다. 승객은 많지 않았다. 윤오는 차창 밖으로 시선을 두고 있다가 고속버스가 터미널을 벗어날 때쯤 잠을 청하기 위해 의자 깊숙이 등을 묻었다. 헌수를 만나면 자는 시간도 아까울 것 같아 잠이나 미리 자두려 했으나 헛일이었다. 그와 함께 했던 시간들이 속속 밀고 올라오면서 자꾸만 의식을 깨웠다. 윤오는 자는 걸 포기하고 창밖을 내다보았다.

차창 밖은 우중충했다. 아직 눈은 내리지 않았지만 금방이라도 쏟아질 듯 잿빛이었다. 익숙한 풍경들이 지나갔다. 얼마를 달렸을까. 꾸물거리던 날씨가 눈송이를 뿌리기 시작했다. 입자가 제법 굵다 싶더니 얼마 지나지 않아 온 천지를 하얗게 덮었다. 바다 위로 흩어지는 눈은 더 장관이었다. 이런 날은 으레 헌수를 만났었다. 그런데 지금은 왠지 헌수를 만나 술잔을 기울이던 날들이 아주 오래전의 일처럼 아득하게 느껴졌다.

눈은 제법 수북이 쌓이기 시작했다. 꽃샘추위도 다 지나고 내리는 눈이라서 조금 이러다 말겠지 했는데 쉬 그칠 것 같지 않았다. 눈 때문에 버스는 더 더뎠다. 가뜩이나 맘이 급한데 간이 터미널에서 어떤 노파가 공짜로 태워달라고 기사와 실랑이를 벌이느라 차는 더 늦어졌다.

고대하던 S시에 도착했다. 헌수와 만날 생각을 하니 벌써부터 가슴이 뛰었다. 그는 어떤 모습일까. 죽을 만큼 힘들었어도 인생은 어떻게든 굴러가게 되어 있으니까, 지금은 한 여자의 지아비로 아이 아빠로 그렇게 저렇게 살고 있을 것이다. 윤오는 헌수와 보나와 아이가 같이 있는 모습을 상상해보았다. 웬일인지 잘 그려지지 않았다. 윤오는 해묵은 감정을 싣지 않으려고 빨리 걸었다. 그 사이 눈은 그쳤다. 해가 나면서 눈이 녹아 질벅거렸다. 이곳은 실향민 촌이라 그런지 더 썰렁하고 스산스러웠다. 그들의 몸 따로 마음 따로는 헌수와도 닮았다. 지향은 갈 수 없는 곳으로 둔 채 육신의 빈껍데기만을 안고 살아야 한다는 점이 그랬다. 윤오는 건어물 상회를 지나다가 헌수를 만나고 돌아가는 길에 마른 오징어와 북어포를 좀 사가야겠다는 생각을 했다. 안주거리를 떠올리자 술 생각이 더 간절해져 윤오는 마른 침을 꿀꺽 삼켰다. 이 목마름은 이제 잠시 후면 해갈될 것이다.

터미널을 벗어나 학교 근처에 오니 분식집

이며 구멍가게며 문방구 같은 것들이 눈에 띄었다. 그런데 서점은 보이지 않았다. 헌수가 초등학교 근처에서 서점을 한다고 헌정이에게 들었던 터라 쉽게 찾을 수 있을 줄 알았다. 윤오는 구멍가게로 들어가서 부근에 서점이 어디 있는지 물어보았다. 이 근처에 서점이라고는 저것밖에 없는데요, 라고 가게 여자가 손짓하는 곳을 따라가보니 거기엔 서점이라고도 할 수 없는 작고 초라하기 이를 데 없는 점포 하나가 쓰다가 버린 낡은 가구처럼 눈 속에 찌그러져 있었다. 점포 유리문에 일반도서 아동도서 참고서적이란 글씨가 붉게 페인팅되어 있는 걸로 보아 서점이 틀림없는 것 같았다. 윤오는 그 서점 가까이 가보았다. 가서 보니 책만 진열되어 있는 게 아니라 한 쪽 모서리에 문구용품도 구비되어 있었다. 말하자면 책방 겸 문방구였다. 그러고보니 문구용품이 있는 출입문 쪽엔 파란색으로 문방구라는 글씨도 찍혀 있었다. 윤오는 점포 한쪽에 비켜서서 유리문 안을 가만히 들여다보았다. 헌수를 먼저 살짝 훔쳐보기 위해서였다. 그런데 유리문 안쪽엔 생활에 찌든 한 초췌한 여자가 턱을 괴고 멍하니 앉아있을 뿐 헌수는 보이지 않았다. 윤오는 서점을 잘못 찾는가 싶어 다시 한 번 주변을 둘러보았으나 가게 여자의 말대로 더 이상의 서점은 눈에 띄지 않았다. 점포 안으로 들어가서 물어봐야겠다고 생각했다. 혹 이웃집 여자가 잠깐 대신 봐주고 있는 것일 수도 있었다. 그렇게 단정 짓고 점포의 출입문 쪽으로 가려다가 윤오는 순간 숨이 턱 막혀 그 자리에 돌처럼 서버리고 말았다. 조금 전 한 손으로 턱을 괴고 있던 여자는 그 사이 손을 내려 벽면을 바라보고 있었는데 그 모습이 보나를 닮아서였다. 아니, 보나였다. 그 순간 윤오의 가슴으로 너울이 한바탕 치고 지나갔다. 윤오가 놀란 건 보나여서가 아니라 그녀에게서 예전의 모습을 찾아볼 수 없어서였다. 그녀는 생활에 찌들대로 찌들어 여자이기를 포기한 사람 같았다. 불과 1,2년 사이에 사람이 저렇게 망가질 수 있는 건지 정말 믿기지 않았다. 윤오는 들어가 보기로 했다. 더 이상 문밖에서만 서성댈 수가 없었다.

문소리가 나자 그녀가 돌아보았다. 윤오를 보고 조금 놀라는 듯 했으나 이내 체념인 듯 냉소인 듯한 얼굴로 돌아갔다. 더 놀랄 일도 기대할 일도 없다는 표정이었다.

잘 지냈어요?

가디건에 모직 자켓으로 말끔하게 차려 입은 게 점포 분위기와 잘 맞지 않아 윤오는 조금 민망했다.

함 선생님도 잘 지내셨죠? 헌정이한테 가끔 얘기는 들어요.

보나의 버석거리는 말투가 왠지 이젠 그녀가 윤오의 손이 닿을 수 없는 아주 먼 곳으로 가버렸다는 느낌을 주었다.

　예, 뭐. 근데 헌수는 어디 갔나요?

　윤오는 마땅한 말이 떠오르지 않아 얼른 헌수 얘기로 도망을 쳤다.

　그 사람… 갔어요.

　가다뇨? 어디로…?

　순간 느낌이 좋지 않았다.

　조금만 일찍 오지 그랬어요. 그 사람 내내 함 선생님 기다리는 눈치였는데.

　어디 멀리 갔나요?

　그런 것 같아요.

　그런 것 같다뇨? 그런 말이 어딨어요?

　오늘로 9일째예요. 새벽에 산책 나가서 돌아오지 않았어요.

　윤오는 얘기를 듣고는 오히려 안심이 되었다. 헌수는 전에도 종종 혼자만의 여행을 떠나곤 했었다. 헤매고 다니다가 생각이 정리되면 돌아올 것이다. 그는 가족을 외면할 만큼 독한 놈이 아니었다.

남자들 그럴 수 있어요. 너무 걱정 말아요.

저도 그랬으면 좋겠어요. 그런데 이번엔 그런 게 아닌 것 같아요.

아니라면요?

윤오는 조금 전 스스로 위안을 구하던 마음이 싹 가시고 다시금 불안해졌다.

그 사람 나가고 그날 저녁 방안에서 편지가 발견됐어요. 선생님하고 제 앞으로 한 통씩 남겼는데 그건 편지가 아니라 유서였어요.

유서요? 설마요…

그 사람 전에도 며칠씩 어디론가 훌쩍 다녀오곤 했어요. 그 사람을 제가 그렇게 만든 것 같아서 아무 얘기 안했죠. 이번에도 그런가보다 했는데……

보나는 말을 잇지 못했다.

윤오는 바닥에 털썩 주저앉았다. 그래서 그랬나? 윤오는 요즘 들어 부쩍 헌수 생각에 파

묻혀 지냈다. 전에 없이 자주 헌수 꿈을 꾸고
그가 보고 싶었다. 전에도 헌수가 윤오의 의식
을 떠나 있었던 적은 없었지만 그건 그냥 몸속
에 박혀있는 한 종기처럼 통증 없이 자리하고
있는 것이었다. 그런데 최근 그 종기가 곪아터
지려는 것처럼 헌수에 대한 연민과 걱정이 물
밀듯 밀려들었다. 윤오는 좀 더 일찍 찾아오지
않은 걸 후회했다. 와서, 사람 사는 건 다 그런
거라고, 끊임없이 누군가에게 상처주고 상처
받고 그런 게 청춘이라고, 그러니 누가 누구에
게 미안해할 것도 없고 누가 누구를 용서할 것
도 없는, 용서와 죄는 다 하느님이 알아서 주
는 거라고 그렇게 말해주었더라면 헌수는 입
가에 묻은 맥주 거품을 손바닥으로 쓱 훔치며
자식, 번데기 앞에서 주름 잡네, 하며 가슴속
응어리를 툴툴 털고 그냥 그렇게 아침을 맞았
을지도 모른다. 그런데 윤오는 자기 상처를 싸
매기에 급급해 헌수의 아픔을 외면했다. 다른

사람의 죽을병보다 내 손가락 끝 종기가 더 아
프다는 말도 있지만, 사랑하는 사람을 믿었던
친구에게 잃은 윤오의 아픔도 컸지만 사제직
을 내어놓아야만 했던 헌수의 박탈감은 더 컸
을 것이다. 그런데 윤오는 그것을 진즉에 헤아
리지 못했다.

그때 방안에서 아기 울음소리가 났다.

아기가 깼나 봐요.

보나가 가게 안에 있는 미닫이문을 열고 들
어갔다. 가게에 방이 붙어 있어 이곳에서 먹고
자고 아이도 키우고 하는 모양이었다.

잠시 후, 포대기에 아기를 들쳐 업은 보나가
다시 나왔다. 윤오가 아이를 보고 싶어 하자
보나가 잘 볼 수 있도록 등을 돌려주었다.

아들이에요? 딸이에요?

아들요.

이름은요?

우주라고 지었어요.

아기가 우주라는 개체로 우뚝 서자 새삼 이 아이가 헌수와 보나의 사이에서 태어난 생명이라는 실감이 났다. 지금은 아무 것도 모르는 얼굴을 하고 있지만 자신이 사제의 옷을 벗게 한 장본인이었다는 걸 알게 되면 그때 이 아이는 그 사실을 어떻게 받아들일까. 세상에 나오기를 무수히 망설이다가 끝끝내 나와서는 가장 처음 접한 세상의 빛이 부모의 슬픈 눈동자였다는 걸 알게 되면 그때 이 아이는 무슨 말을 할까. 윤오는 우주가 그냥 아기로 보이지 않았다. 헌수의 고뇌가 그대로 배어있어 또 다른 헌수를 보는 듯 했다.

헌수를 닮았네요.

그 사람은 저를 더 닮았대요.

아…

참, 이거요.

그녀가 편지봉투를 내밀었다.

이게, 그건가요?

봉투를 건네받는데 손이 떨렸다. 겉봉에 '함
윤오 앞'이라고 씌어 있었다.

돌아가서 볼게요.

윤오는 당장 보고 싶었지만 보나 앞에서 볼
수가 없었다.

죄송해요.

보나가 고개를 숙였다.

뭐가요?

전부 다요.

보나는 옛날 생각이 나는 듯 했다. 사랑을
받아주지 못한 게 미안해 할 일은 아니었다.
당신을 사랑해서 내가 더 미안했다고, 사랑은,
상대가 아니라고 할 땐 접는 게 맞다고, 윤오
는 그 말을 속으로 삼켰다.

전 사랑을 했을 뿐 그로 인해 파생되는 삶까
지 얻고자 한 건 아니었어요. 다른 삶이 개입
하지만 않았으면 언제까지나 그 사랑을 지켜
나갈 수 있었죠. 그런데 사랑을 사랑 그 자체

로 두는 게 얼마나 어려운 건지 알았어요. 사랑이 얼마나 삶을 갉아먹는 비속하고 무서운 건지도 알았구요. 처음부터 그 사람을 마음에 담지 말았어야 했는데 그 사람은 제가 죽인 거나 마찬가지예요.

무슨 그런 말을.

그 사람은 저를 사랑하지 않았어요. 편지에서 사랑했었다는 말 한마디라도 찾을 수 있었다면 저는 그것만으로도 우주와 평생 잘 살아갈 수 있었어요. 그런데 시종 미안하다는 말뿐 사랑한다는 말은 없었어요.

사랑이란 말 앞에서 보나는 단호해졌다. 헌수가 한 게 사랑이 아니라고 믿는 것 같았다.

윤오는 그녀에게 위안이 되고 싶었으나 적절한 말이 떠오르지 않았다. 왠지 이젠 다른 꿈을 꾸고 있는 사람처럼 낯설게 느껴졌다. 윤오가 자기를 사랑했었다는 사실조차 잊어버린 것 같았다. 다행이었다.

아, 내 정신 좀 봐. 식사는요?

보나가 등에 업힌 우주를 추스르며 물었다.

오다가 터미널에서 먹었습니다.

윤오는 거짓말을 했다. 윤오는 헌수와 진한 해갈을 하려고 아침부터 아무것도 먹지 않았다. 그러나 헌수의 유서를 받아들고 그녀와 마주 앉아 밥을 먹을 수는 없었다. 빨리 이곳을 벗어나 헌수가 남겼다는 유서부터 읽고 싶었다.

갑자기 와서 실례가 많았습니다. 그런데 제가 아기 선물을 준비 못했네요. 아직 애를 키워보지 않아서 이런 일엔 서툴러요. 담엔 꼭 준비할게요.

윤오는 보나의 집을 나왔다. 이대로 돌아가는 버스를 탈까 하다가 헌수가 살았던 이곳에 좀 더 머무르고 싶어 바닷가 쪽으로 나갔다. 뭔가 근거가 있으니 감히 유서라는 말을 입에 올리지 싶으면서도 아직 속단할 수는 없었다.

그의 죽음에 대한 판정은 그가 남긴 편지를 읽고 난 후에 해도 늦지 않았다. 윤오는 해변으로 와서 눈과 모래가 뒤섞인 모래사장에 가방을 깔고 털썩 주저앉아 그가 남겼다는 편지를 꺼냈다.

　윤오 보아라.
　너에게 씻지 못할 마음의 짐이 있어 펜을 들긴 했으나 미안하다는 말 같은 건 하지 않겠다. 적어도 우리가 그런 말을 나누는 사이는 아니라고 믿기 때문이다. 그런 우정의 신뢰를 먼저 깨버린 건 나였지만 그 배반조차도 너에게 이해받고 싶었다면 지나친 나의 욕심일까. 그만큼 너는 우정 이상이었다.
　나는 죽을 자리를 찾아 떠난다. 그날이 오늘이 될지 1년 후가 될지는 모르겠으나 하느님과 화해만 되면 나는 미련 없이 여기를 뜰 것이다. 집에는 내가 죽은 걸로 믿을 수 있도록 장치를 해두었다. 그들에게 희망이 될 수 없는 이상 일말의 기대라도 갖지 않도록 하는 게 내가 그들에게 해줄 수 있는 최소한의 배려라고 생각했다.

너는 묻고 싶겠지. 죽음 밖에 길이 없느냐고. 나는 그렇다고 생각한다. 내 죽음은 하느님이 내게 준 선물에 대한 보답일 수도 있고 이 세상이 내게 준 횡포에 대한 복수일 수도 있다. 그러나 그 죽음은 막다른 골목에서 어쩔 수 없이 택한 자멸과 같은 게 아니라 나의 정당한 선택이라고 말해주고 싶다. 너는 비겁하다고 비웃을 수도 있겠지만 나는 인간으로 태어난 것 자체가 고역이었다. 기쁨, 슬픔, 분노, 좌절, 그리움… 인간에 속한 방이 많으면 많을수록 삶은 더 힘들었다. 내가 사제의 삶을 택한 것도 이런 인간의 방에서 자유로워지고자 함이었다. 하늘과의 거리를 좁히다 보면 반대로 땅과는 멀어질 수 있으리라는 내 계산법이었다. 그게 가능하리라 믿었고 자신도 있었는데 현실 앞에서는 번번이 패배했다. 내공에 힘이 쌓이지 않아 그런 것도 있겠지만 시간이 지난다 해도 인간의 본질이 파놓은 덫에서는 완전히 자유로울

수 없다는 걸 알았다. 아홉이 하나에게 거세당하는 것, 그게 내가 본 세상 속 현실이었으며 난 거기에 보기 좋게 당했다.

그래서 나는 모든 걸 버리기로 했다. 이미 갈 때까지 간 삶이니 더 이상 거세당할 것도 나빠질 것도 없겠지만 지옥이 따로 있겠냐. 나빠진 상황을 언제까지고 껴안고 살아야하는 게 지옥이겠지. 물론 상황이 나쁘다 해도 그것을 개선하려는 의지와 그 속에서 희망을 찾는다면 천국을 건설하는 것도 그리 어렵진 않겠지만 이제 내겐 그런 의지의 끈 같은 건 없다. 죽음이 더 최악의 패배라고 할 수도 있겠지만 단지 그 패배를 인정하는 게 싫어 마지막 남은 출구를 봉쇄해버리고 싶지는 않다. 아마 하느님도 이번의 내 선택만큼은 들어줄 것으로 믿는다. 나는 하느님의 선은 살아있다고 믿으니까.

그런데 친구야. 펜을 놓는 이 순간에도 여기 남겨질 보나와 우주가 자꾸만 걸린다. 물론 그들도 각자의 삶 안에서 그 해답을 스스로 찾아가다 보면 어느 순간 이렇게 간 나를 이해할 수

있으리라 믿지만 지금은 많이 미안하다. 도망
치는 내가 감히 너에게 그들을 부탁할 수는 없
고 다만 내가 너와 보나에게 어떤 부담이나 장
애는 되지 말았으면 한다. 고마웠다 친구야.

윤오는 편지를 접고 바다를 바라보았다. 편
지에서 다 하지 못한 말들이 눈처럼 바다로 쏟
아져 내렸다. 윤오는 그 말들을 바다에 묻었
다.
시간을 보니 아직 막차가 있었다. 윤오는 모
래를 털고 일어나 터미널로 향했다.

◆
◆
◆

작
가
의

말

소설을 쓰다 보면 유독 작가를 괴롭히는 작품이 있다. 내 경우엔 이 작품이 그랬다. 버리면 간단한데 그게 생각처럼 쉽지가 않다. 이번 생에서는 안 되겠다고 그토록 어르고 달랬건만, 이젠 한 술 더 떠서 세상 밖으로 나가겠다고 용을 쓴다. 그래, 어쩔 수 없는 일도 있으니 인연 혹은 운명이었다고 해두자.

이 작품은 내가 소설이란 걸 쓰자고 맘먹고 제일 처음 썼던 소설이다. 그동안 강산이 두 번이나 바뀌었다.

이도 저도 안 되고 하루해를 넘기는 게 버겁던 시절, 소설이 나를 찾아왔다. 그렇게 한숨만 쉬고 있지 말고 소설 한 번 써보지 그래? 소설은 그렇게 내게 속닥였다. 소설을? 내가? 그때 뭔가 다른 작은 구실만 있었어도 그 꾐에 넘어가지 않았을 것이다. 그런데 내겐 아무 일도 일어나지 않았고 하고 싶은 것도 없었다. 그저 숨만 쉬고 있었다는 게 딱 맞다. 이러고 사느니 정말 소설이란 걸 한 번 써볼까? 소설은 나를 성가시게 할 게 아무 것도 없었다. 사람과 관계를 맺지 않아도 되었고 뭔가에 쫓기듯 살지 않아도 되었다. 그냥 종이와 펜만 있으면 되었다. 그때 과분하게도 동생이 쓰다가 버리고 간 도스 컴퓨터가 있었다. 써보자. 안 되면 말고. 소설은 내가 감히 넘볼 수 없는 것이었긴 해도 아무 기대도 희망도 없는 이 판국에 소설이 뭐 그리 두려울까 싶었다. 때마침 드르륵 거리는 낡은 컴퓨터에 시동을 걸게 하는 한 가지 소식이 날아들었다. 누나, K신부가 새벽에 튀었대. 여자 때문 인가봐. 동생은 난

데없는 소식을 전하고 전화를 끊었다. K신부는 어릴 때 같은 성당을 다녔던 이름하여 교회 오빠였다.

그 순간 올가미에 엮이고 말았다. 그 선배의 고뇌가 읽힌 것이다. 그걸 소설로 써보고 싶어졌다.

나는 겁도 없이 장편소설을 썼다. 그리고 공모전에 냈다. 그런데 아뿔싸, 그게 그만 예심을 통과하고 말았다. 그게 독毒이 되었다. 나는 내가 소설에 재능이 있다고 판단했다. 소설이 어떤 괴물인지도 모르고 덥석 손을 잡은 것이다.

그날부터 그때껏 내가 경험해보지 못한 이상한 세상과 싸워야 했다. 문은 아무리 두드려도 열리지 않았다. 소설은 죽도록 끌어안고 씨름해도 진전이 없었고 그 후론 어떤 공모전에서도 응답이 없었다. 퇴고를 거듭하는 동안 소설은 산으로 갔다가 바다로 갔다가 어느 날엔

들로 가고 있었다. 초고는 사라지고 자꾸만 다른 옷을 겹겹이 껴입고 있었다. 제대로 가고 있긴 하는 건가. 의심만 깊어갔다. 일단 이 소설을 놓아야겠다고 생각했다. 이 작품 하나 쓰고 죽을 것도 아닌데 그만 하자. 손을 떼고 보니 5년이 지나 있었다. 시간은 흘렀는데 아무것도 손에 쥔 게 없었다. 5년을 입증해 줄 알리바이가 하나도 없는 셈이었다. 다른 방법을 찾아야 했다. 소설강좌반을 찾아갔다. 처음부터 다시 하자는 심정으로 단편을 썼다. 단편이라고 쉬울 리 없었다. 모든 영혼을 끌어내서 집중해야 한 편을 완성할 수 있었다. 또다시 넘어야 했던 벽 벽 벽. 가까스로 등단이란 걸 하고 한 권의 소설집과 장편소설을 냈다.

휴지기가 찾아들자 다시금 이 소설이 슬금슬금 고개를 쳐들었다. 이젠 나 좀 봐 줘. 틈만 나면 나를 자극했다. 나는 누덕누덕 기워서 누더기가 된 이 소설을 또 꺼냈다. 그러나 이미 누더기가 된 걸 새 옷으로 탈바꿈 시킬 수는 없었다. 버리는 것 말고는 답이 없었다. 나는 버릴 구실들을 열심히 찾았다. 삭제키 하나면 간단한 일을 나는 아주 어렵게 하고 있었다. 그러나 삭제키만 누른다고 끝날 일이 아니었다. 내 영혼 깊숙이 뿌리내린 그 첫정을 무슨 수로 도려낼 것이며 여기저기 저장되어 나뒹구는 유에스비와 쌓여있는 프린트뭉치들은 또 어쩔 것인가. 마음속에서 지워내지 않는 한 어림없었다. 그 작품에서 영원히 나오려면 함께 해온 만큼의 시간이 다시 흘러야 할 것이었다.

나는 파일을 다시 열었다. 처음 이 소설의 집이 되어주었던 도스 컴퓨터는 구시대의 유물로 사라진지 오래고 지금은 인공지능이 소설을 써주는 시대가 되었다. 소설도 리모델링이 필요했다. 나는 초고를 다 허물었다.

처음 이 소설을 구상할 때는 사제의 인간적 고뇌에 대해서 쓸 생각이었다. 그러다 차츰 한계에 부딪혔다. 내가 안다고 믿고 있는 것들이 사실이기는 한가. 스스로 확신이 없었다. 소설이니까 작가 마음대로 해도 된다는 발상은 안 통했다. 버리기 시작했다. 검증 안 된 종교적 견해와 다소 장황하게 느껴질 수 있는 주인공의 가정사, 그리고 깊이를 가늠할 수 없는 주인공의 고뇌를 최소화시켰다. 그러고나니 사랑이 남았다. 그래, 사랑만 하자. 사랑만 하기에도 얼마나 벅찬가. 그러나 그도 쉽지는 않았다. 우리가 사랑이라고 믿고 있는 것들이 진짜 사랑이 아닐 수도 있으며 왜곡된 사랑조차 사랑이라는 말로 덮어버리는 경우를 종종 봐왔다. 모호함 속에서 정의를 내리는 일이 어려워질 때마다 나는 살풀이 하듯 애먼 원고만 쳐냈다. 자꾸만 줄이다 보니 원고의 반이 훌러덩 날아갔다.

미니멀리즘이라던가. 묵은 짐을 버리듯 소설도 덜어내고 나니 훨씬 가벼워졌다. 이제 조금 세상 밖으로 나갈 용기가 생긴다. 내 자식 같아서, 그것도 못난 자식이라서 버리지 못하는 부모 심정으로 여기까지 왔지만 출간을 하려니 부끄러움은 여전하다. 누군가 연이 닿아 이 소설을 읽어준다면 그저 감사하고 황송할 따름이다. 소설 한 편이 그렇게 세상에 나온다.

길 잃은 원고를 묻지도 따지지도 않고 선뜻 받아준 도화출판사 김성달 주간에게 고마움을 전한다. 김작가는 습작시절 편의점 앞에서 캔맥주와 새우깡으로 새벽이슬을 함께 맞던 나의 오랜 문우다. 그대의 삶도 고단했다. 앞으로는 꽃길만 걷기를.

얘기가 길어졌다. 그래도 이 말은 해야겠

다. 얼마 전 중학교 학부모회에 초대를 받아서
간 적이 있었다. 끝나고 사인회를 하는데 한
학부모가 다가와서 말했다. 우리 애가 작가가
꿈인데 선생님 얘기 들어보니 못할 짓 같아요.
말려야겠어요. 그리고는 내 말도 들어보지 않
고 뒷모습을 보이며 총총 멀어져갔다. 어머니,
그게 아니에요, 그게 다는 아니에요. 정작 해
야 할 말을 하지 못한 아쉬움이 밀려왔다. 돌
아보니 힘든 시간이었지만 그래도 아름다운
시절이었다고, 소설이 아니었더라면 그 힘든
시간을 버틸 수 없었을 거라고 말했어야 했는
데 못했다. 이 책이 그 분의 손에 가서 닿았으
면 좋겠다.

이제 너를 보낸다.

2023년 겨울
황 혜 련

매우 불편한 관계

초판 1쇄인쇄  2023년 12월 25일
초판 1쇄발행  2023년 12월 27일

저  자  황혜련
발행인  박지연
발행처  도서출판 도화
등  록  2013년 11월 19일 제2013 - 000124호
주  소  서울시 송파구 중대로34길 9 - 3
전  화  02) 3012 - 1030
팩  스  02) 3012 - 1031
전자우편  dohwa1030@daum.net
인  쇄  유진보라

ISBN | 979 - 11 - 92828 - 39 - 8*03810
정가  15,000원

도화道化, fool는
고정적인 질서에 대한 익살맞은 비판자,
고정화된 사고의 틀을 해체한다는 뜻입니다.